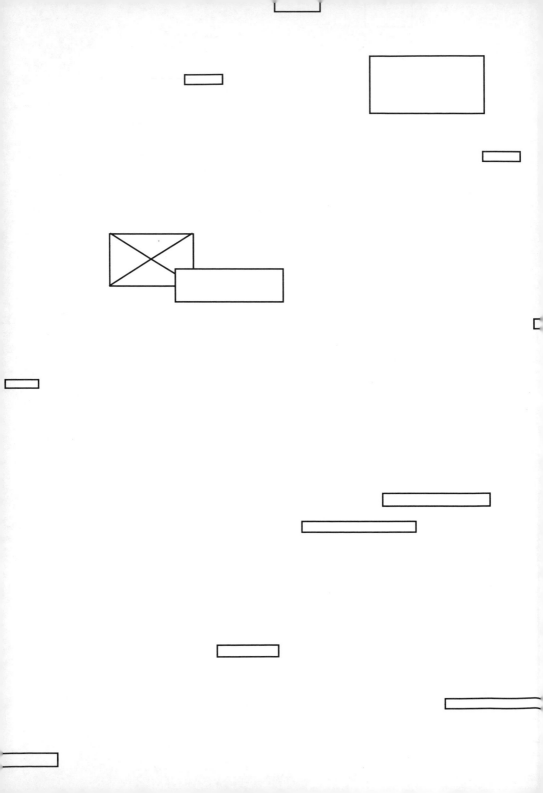

入侵編輯臺
－中國威權滲透如何影響臺灣新聞自由

簡余晏

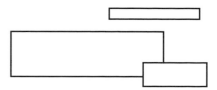

臺灣民主的最大危機：
一直有敵視民主的外部勢力與在地協力者的配合

　　這本書脫胎於作者的博士論文〈中國威權擴散對臺灣新聞自由之影響〉，但擺脫學術論文規範的束縛，增修改版並重新編輯後的書稿變得更加清晰、順暢、易讀。本人忝為作者的指導教授，不揣淺陋，很樂意為本書撰寫推薦序。究其實，從自己剛獲得博士學位的時候就已經體會到，許多新科博士通常才是最瞭解這個博士論文主題的專家。而這也是當時我的指導教授跟我勉勵的話。

　　1949 年以來的臺灣一直處在國民黨準列寧主義黨國戒嚴統治之下，於 1987 年解嚴才開始啟動自由化，歷經 1991、1992 年的國會全面改選，以及 1996 年總統直選的民主化以後，終於完成民主轉型，成為主權在民的自由民主國家。2000、2008 年雖發生二次政黨輪替，但直到 2016 年民進黨才第一次在國會取得過半席次。2023 年「自由之家」評列臺灣為全球第 17 名的自由民主國家，《經濟學人》全球民主指數

評比臺灣排行第 10 名，但臺灣畢竟仍然屬於年輕的自由民主國家，不僅司法改革很難進行，轉型正義進行不徹底，更嚴重的是臺灣有一項維繫民主最重要的因素缺乏，那就是民主理論大師 Robert A. Dahl 所提出有利於民主的三項關鍵性條件之一，即不存在強大的敵視民主的外部勢力。（另外二項也是不可或缺的因素為軍隊、警察控制在由選舉產生的官員手裡，以及民主的信念和政治文化。）

　　Dahl 在《論民主》一書中指出：一個國家如果受到敵視民主的強大國家支配，其民主制度不太可能獲得發展，或者中途夭折。例如，二戰以後蘇聯干預之下的捷克、波蘭和匈牙利的民主皆夭折，一直要到蘇聯垮臺以後才能發展出穩固的民主制度。然而，出版於 1998 年的《論民主》一書未能處理俄羅斯民主發展並不順利，普丁上臺後於 2004 年就從部分自由的選舉式民主（electoral democracy）崩潰回不自由的威

權政體後，屢次威權擴張，進而於 2022 年全面入侵烏克蘭，致使其自由與民主皆發生嚴重倒退的現象。

的確，目前全球最受矚目的重大危機就是俄羅斯侵略烏克蘭，以及中共國一直想要對臺灣侵略併吞所實施的文攻武嚇。而顯得相當荒謬的就是依據《經濟學人》與「自由之家」的測量評比，全球民主排名倒數第 11，自由分數只有 9 分的中國，卻一直想要統一全球民主排名第 10，自由分數高達 94 分的臺灣。

極權專制中共政權對臺灣極限施壓所使用的手段就是，以武力威脅為後盾的統戰、超限戰、資訊戰與認知戰等。根據瑞典哥德堡大學發布的最新研究報告指出，臺灣是全球受境外假訊息影響最嚴重的國家，而且已經蟬聯 10 年榜首。在這種時代背景之下本書的出版，具有劃時代的意義。本書最有特色的部分不僅在於作者訪談了 15 位資深媒體人，也在於作者親自前往位於波羅的海的拉脫維亞首都里加，專訪北約

入侵編輯臺

戰略傳播卓越中心主任亞尼斯・薩茲（Jānis Sārts），獲得許多如何對抗假訊息及資訊戰的寶貴資料。作者更明確主張，臺灣需要參考波羅的海國家愛沙尼亞在俄羅斯長期資訊戰攻擊之後，經北約協助及多國會商，提供各界防禦資訊戰及威權滲透所提出的「塔林手冊」（塔林為愛沙尼亞的首都），盡速制定自己的「塔林手冊」。

更多精彩的內容讀者可以自行參閱本書，筆者在這裡只想引述坐過中共監獄五年黑牢的李明哲，2022 年 12 月 6 日在臉書上發表的貼文來提醒大家，臺灣社會有一個相當嚴重的問題，那就是：敵視民主的外部勢力一直有在地協力者的配合。李明哲以親身經歷明白地指出：

　　這五年在中國監獄學習過程中，常常被迫收看『海峽兩岸』，那節目有一些固定的臺灣朋友獲邀「代表」臺灣人的聲音，例如：唐湘龍、陳鳳馨、王鴻薇、游梓翔、賴岳謙、邱毅、黃智賢，這些人也是臺灣一些媒體政論

節目的固定來賓或者主持人，這或許是我們更應該關注並且警惕的。這些人的言論常常偽裝成「理性、中道、愛臺灣」，但其實只不過認為自己是中國人，必須為了中國的偉大復興做貢獻罷了。

參考：https://www.facebook.com/mingchel0210/posts/pfbid02w38mK9u2U56EvB QqUvpp1DmV4x1F24YAjHUSP4RceWEXLj1gCgSpRQPpGtWUukTRl

李西潭（國立政治大學國家發展研究所兼任教授）

入侵編輯臺

被入侵的，豈止紅藍統媒！

　　簡余晏是政大新聞系低我十四屆的學妹，也是南投縣同鄉。她生在草屯，長在臺北，草屯簡是大姓。早年南投全縣只有埔里、竹山兩所高中，縣內有志子弟都外出升學，近取臺中、彰化，遠赴臺北。她小學就在臺北念，可見大姓家世底氣。

　　同系同鄉，前無過從，不具實質意義。開始留意她，是忝任政大新聞系在職專班入學口試委員，閱其履歷，知曾任職《聯合晚報》主跑民進黨新聞。我出身同報系，深知其意味。

　　後來她競選臺北市議員，林某平生第一筆政治獻金就捐給她，前此無意義的漸起意義。她市議員服務處歷任辦公室主任，也多是我推薦新聞系後期學妹去支援和學習。

　　本來以為她從政不回頭了，沒想到會回母校投考國家發展研究所博士班，而且修成正果，殊為不易。此書就是博士論文改製付梓。

　　我忝任其論文計畫與學位口試委員，求序於我，於公於

私，不便推託。應允後才體會日治時代本島三大詩人之一胡殿鵬（1869-1933）受連橫（1878-1936）託為《寧南詩草》撰序，遲遲無法交稿的心境。

容我直白以誠：其論文原計畫比較中國威權擴散如何影響臺灣，與俄羅斯威權擴散如何影響拉脫維亞，憑以論威權政體如何影響第三波民主國家。無視臺灣有數百萬人認同中國之傳統，拉脫維亞也有近三成俄裔人口，中國能影響臺灣的銳實力，於韓菲等國未必有效；同理，俄羅斯的假新聞資訊戰，對立陶宛作用就遠不如拉脫維亞。臺拉兩國與中俄的關係，不能代表第三波民主國家與威權國家的關係。臺灣與拉脫維亞各有特點，應該收進問題意識，惜付闕如。

何況比較研究，只比拉脫維亞與臺灣就可以嗎？中俄難道沒差別不須比較？時間有限，本就不利於跨洲跨國研究；所謂比較，也不見得能建立通則，意義不大。

原命題大而無當，難免備多力分，可見初入門研究生通

病。切磋過程，我鼓勵她善用在新聞圈之見識與人脈，加以熟悉臺灣草根人情，好好研究中共如何滲透臺灣媒體與言論，就功德無量，威權政體如何影響第三波民主國家也者，期諸未來。

余晏從善如流，所以能於有限餘時內有具體成果，殊堪欣慰。

林某退休前承乏學術行政工作十年，看多了頂尖大學競爭資源，迷信 SSCI 和各種 I 論文的弊端。不乏特聘教授，甚至講座教授，標榜有幾十百篇 I 期刊論文，卻整理不出一本有系統的書，未見創發理論，也未能解決實際問題，徒啃蝕國家資源，如書海蠹蟲，無補於世。余晏此作倖免於是，可為學術解決社會問題的範例。

瑞典哥德堡大學近期發布 V-Dem（Varieties of Democracy）2022 年報告，指臺灣蟬聯十年，是境外假訊息最頻繁入侵的國家。所謂境外，來源不言可喻。

中國對臺灣，早祭「超限戰」，即以武力為後盾，無限方位施壓。禁止進口臺灣農漁產品是，策動宏都拉斯與 ROC

斷交也是，時時刻刻認知作戰更是。戰機頻繁擾臺，則是耀武揚威。

1945 至 1949 年間，中共以「反飢餓」、「反內戰」、「反美帝」、「向砲口要飯吃」等口號攻垮國民黨。一兩年來，國內反對勢力頻打缺疫苗、缺電、缺水、缺肉、缺蛋、缺錢，與當年中共黨人及其附隨高喊「反飢餓」如出一轍；批評執政黨購買武器、恢復役期以備戰為挑釁，也如當年叫囂「反內戰」；攻擊美國是破壞世界和平的影武者，一如當年詛咒「反美帝」；呼籲不要軍購，不要備戰，要買營養午餐、買雞蛋，要社會福利，要現金，甚至要投資解決極端氣候，又如當年「向砲口要飯吃」。在在可見中共舊劇本的套路，更見不乏藝人、網紅、立委、退將、學者配合演出。

更嚴重的是社交媒體和網路平臺時刻有假消息流竄，不乏幾近第五縱隊的網紅大放厥詞，顛倒黑白，混淆是非；甚至號稱賴清德後援會及蔡英文後援會的形形色色非官方粉專，小編竟是中國人。

網路媒體《端》素有口碑，今年一月中有專題報導，揭

發滑 TikTok 與小紅書已是臺灣青少年每日的生活「儀式」，而且為了有更多話題與「共感」，早習慣「一起觀看」TikTok 小短劇，成新世代共享的記憶。

英國《泰晤士報》（The Times）專欄作家特納（Janice Turner）今年 3 月 15 日發表旅臺速寫，提到下榻飯店某經理很震驚不到 20 歲的兒子竟從 TikTok 學會唱中國國歌。經理兒子不認為中國是威脅，還想到對岸念書。

這些就是今日臺灣社會的日常。《經濟學人》（The Economist）2021 年 5 月 1 日在領袖版推出一文，稱臺灣是當今地表上最危險的地方（"The Most Dangerous Place On Earth"），但大部分國人好像泡慣熱水的青蛙，無感於時時刻刻有凶狠的認知戰。

傳統媒體也是認知作戰的重要戰場，本書即專注研究中國威權如何滲透臺灣媒體，威脅我們的新聞自由。

所謂如何，有待讀者開卷過目，拙序不便多及內容破哏。但想強調：此書是國內第一本掀開中國威權滲透臺灣媒體、打擊我們新聞自由的學術著作，受染指披靡的，也不限於所

謂紅藍統媒。

　　此研究動用了訪談法。一般學者訪談研究對象，容易淪入攻防態勢，難以鞭辟入裡；余晏出身記者，新聞工作年資匪淺，與坊間媒體諸多管理者有同業甚至同事之誼，可突破對話的攻防模式，進入同業一切好說也實說的順境，所以能挖出深層少透露的真實資訊，是本書可貴處。

　　本人看過此研究論文原始計畫、學位口試本、論文定稿本，以至如今書稿本。學術論述不免抽象無趣，機械化的學術論述最後竟有可口扮相，有幸見識了專業編輯的神奇功夫，也忍不住要喝采一聲。

林元輝（國立政治大學名譽教授、傳播學院第九暨第十任院長）

捍衛臺灣新聞自由，即是捍衛民主！

　　最近的新聞愈來愈魔幻！臺灣的小學生出現在中國兩岸一家親的春節節目唱歌，居間協助者竟為媒介；荷蘭《人民報》前駐中記者弗拉斯坎普（Marije Vlaskamp）撰文指控，遭中國人士設局誣陷為恐怖份子，過程驚心；不只如此，香港記協證實多家新聞機構記者近日同遭跟監，危及人身安全……上述影響新聞自由的案例，均指向「中國因素」。

　　因為中國的影響，媒介成為學童向威權輸誠的幫凶？荷蘭記者只因採訪中國議題便遭威脅，香港不只記者人人自危，壹傳媒創辦人黎智英至今仍身陷囹圄。每年五月三日為世界的「新聞自由日」，新聞自由本是民主社會的第四權，記者因此被稱無冕王。但，在威權與民主對戰的自媒體時代，究竟誰有能力主導大眾傳媒？是閱聽人、報老闆、記者與守門人？或者，竟是中國官員能主導影響？威權政體透過什麼管道與手法影響民主社會的媒介？如果威權國家能伸手進他國，那麼，民主臺灣的「新聞自由」與往昔相比，是進步或倒退？

為了尋找答案，筆者近年走訪以色列軍方電臺、巴勒斯坦官員、拉脫維亞的「北約戰略傳播卓越中心」等，也逐一訪問新聞界資深媒介工作者、兩岸新聞參與者。討論主題從強國弱國的資訊戰策略，威權擴散對他國的滲透，再聚焦到中國威權對臺灣新聞自由的影響。受訪者多為媒介人士，本書整理了這些年的對談，書寫為威權與民主間的新聞故事。

　　當年曾有電視臺購買臺劇《霹靂火》在中國播出，雖然播出前依慣例會將中國政權不喜歡的內容剪掉，沒想到，男主角秦揚說了一句：「臺灣是一個民主的國家」，這句話意外沒有刪除直接播出，導致電視臺幹部遭約談，買片及審片的人全都受調查，險些惹上牢獄之災，最後電視臺被嚴重警告再犯即「撤照重懲」，事後，該臺決議今生再也不買臺劇。

　　「沒有新聞自由的中國來給臺灣媒體人好處，記者就是他養的，你的新聞就姓黨！」這是為五斗米折腰的媒體人之悲哀，受訪名嘴提到，原本本土廣播電臺這些年竟改播中國歌曲，主持人時常就念念中國提供的稿子，甚至，他親眼看到統一促進黨精神領袖白狼走進本土電臺大談特談。早年，一兩百萬元可

以草創一個地下電臺；沒想到現在中國一次的廣告置入費用就兩百萬元，比賣藥還好賺。甚至，兩百萬元可以讓沒執照的電臺買發射器干擾 FM 頻道，主持人被收買之後，聽眾當然也受影響，這是意見領袖的收買與滲透。

有錢能使鬼推磨，人民幣在臺灣買到新聞與流量，早些年，中國各省市由國臺辦統整，以一次數百萬元廣告費給報社稱之為「魅力城市系列」，安排中國省級官員來臺受招待並專訪。時至今日，中國在媒體領域完全建立掌控的系統，透過這套機制推播有利威權的訊息，建立媒體的「產銷生態控制」。一位廣播人透露，中方是透過「臺灣代理人」來電臺聯繫，資金經中間人無違法之虞，經費充裕所以節目做得精緻，談對岸的藝文青創新創，甚至直接招待臺灣青年去福建遊樂參訪，節目還特別把中國用詞修飾剪掉，讓節目內容更有吸引力。

中國透過生意、補助、金錢遊戲影響媒介老闆，進一步媒介幹部配合中方政策。傳媒生態鏈則從代理人到現在可直接指揮，甚至記者主動配合噤聲。進一步，透過網紅直播贊助資金，只要內容傾中就有聲量與斗內，反之則網軍來攻，恩威並施。

威權和民主的空氣如此不同，但威權政體卻利用民主社會的便利多元，以此干預新聞自由，讓臺灣的上空籠罩著威權的聲音。在共機單日出動 91 架次軍機擾臺的 2023 年 4 月這一天，竟有多家媒介受對臺辦新聞部門要求，真的配合採用其官媒《央視》的內容角度來報導新聞。雖然本書不少受訪者表示有所自覺且反擊，但，擔任記者風險逐日高漲，如 2022 年全球被監禁記者人數達歷史新高 533 人，中國更是全球最大記者監獄關押 110 人。

臺灣的新聞指數 2022 年全球排名 38，另外，美國「自由之家」的自由度及社會多元評比更以 94 的高分位居亞洲國家第二名，來自全球 20 國 75 家國際媒體派 137 名記者駐臺。臺灣正站在威權與民主對壘的最前線，這場滲透新聞界的較勁不只在海峽中線，已進入街頭巷戰。如同北約戰略傳播卓越中心的建議，在資訊戰的最前線不宜養網軍以眼還眼，最好及時公布最新的網攻帳號及假訊息資訊，避免回聲室效應影響民主品質。展開識讀教育之餘，筆者建議政府與民間加強資訊演習，並規畫臺灣版的塔林手冊。

目 次

前言　扭曲的新聞自由

「如要讓我決定，有政府而無報紙，或有報紙而無政府，我會毫不猶豫，選擇後者。」

—— 美國開國元勳 Thomas Jefferson

一、從香港媒介的寒冬談起

2022 年年初是香港媒介寒冬，擁有高達 180 萬社群粉絲的香港《立場新聞》遭搜索逮捕停刊，另一港媒《眾新聞》則以保護記者安全為由停止運作。香港蘋果日報創辦人黎智英已入獄不只兩年，媒體高喊「香港新聞自由已死」！但，還記得過去的香港曾是新聞自由堡壘嗎？在「無國界記者組織」（Reporters sans frontières, RSF）的世界新聞自由指數排名裡，2002 年香港還居全球第 18 名，

已消失的《立場新聞》存檔畫面。

2021 年竟已跌到第 80 名，2022 年的最新資料更暴跌至第 148 名，而中國則在 180 個國家地區中排名於 175 左右墊底。（2021 年中國排名 177、2022 年則是 175。）

觀察香港新聞自由好似觀看那玻璃缸裡的魚兒，水色由澄清漸混濁，魚兒因緩慢缺氧已逐漸失去生命力。第三波民主化的臺灣曾歷經威權轉型到民主歷程，報禁解除，我們這一代從戒嚴的沉悶封閉逐步目睹大鳴大放百花齊放，那春暖花開的新聞自由，是爐火上從冰凍到煮沸、啵啵啵有活力的奔放，多采多姿蓬勃有生氣。但是，香港卻是這樣在大眾目光下，從熱水再冰封，新聞自由一次跌落 62 名。那麼，臺灣呢？臺灣的新聞界在威權滲透下，會因此重新再回到噤聲的限制年代嗎？

　　民主社會裡，「第四權」的新聞自由若受威權政體侵蝕，像香港媒介此刻面目全非。威權政體利用民主社會的自由去滲透侵蝕，近年來，中國從各體系滲透，如水銀瀉地入侵臺灣大小媒體編輯臺，新聞界是被滲透影響的最前線。COVID-19 疫情期間臺灣站在民主陣營前線對抗威權，吸引全球關注。尤其 2022 年時任美國眾議院議長裴洛西（Nancy Pelosi）訪臺之後，中國鋪天蓋地以大外宣與論戰入侵，回首這些年，臺灣的新聞自由是否已受影響？

　　在這個過程中，威權國家是如何做到對民主國家的侵蝕？威權的「滲透」如何進行？是否有跡可循？許多觀測透過新聞自由的表現來實現，新聞自由受影響的外在象徵與實質程度為何？這些年來，國際討論中國公眾外交、軟實力、硬實力到銳

實力的威權滲透與民主抵抗的文章著作眾多，多數從民主制度角度來思索，本書嘗試從新聞實務裡「媒介幹部」對「新聞自由」的觀點出發，並嘗試以臺灣的現實情況做為觀察與分析的依據，試圖叩問、探詢以下目的：

（一）觀察威權滲透民主的途徑模式為何？

（二）依據新聞自由表現，探討臺灣遭受威權滲透的情形。

（三）探詢民主社會的「新聞自由」是否能抵擋「威權滲透」以達成民主鞏固？或是自由社會的多元觀點能夠反過來保護「新聞自由」？

（四）當國家安全與新聞自由衝突時，民主國家如何反制威權國家滲透侵蝕？

　　長期擔任電臺節目主持人，這幾年來，幾家熟悉的臺語廣播電臺出現中國節目內容，電視、報紙置入行銷中國訊息、旅遊新聞，媒介股權異動遭財團買走的傳言愈來愈多，傾中網路媒介、中方網軍影響新聞的傳言甚囂塵上。還記得臺灣報禁解除後，我剛進入報社，隨著電臺開放百家爭鳴，轉而出任廣播主持人、參與創辦網路媒體，一度百花齊放的臺灣媒介，從戒嚴到解禁，如今反遭威權滲透，做為新聞老兵也做為研究者，因此從威權滲透與新聞自由的觀點切入展開討論。

　　我期待透過觀察、訪問等來瞭解：新聞自由在威權滲透與民主抵抗之間是成為威權工具或是民主鞏固的工具？新聞自

由與民主制度是否唇齒相依？新聞自由與國家安全之間如何拿捏？當威權滲透向臺灣民主社會襲來，新聞媒介首當其衝，是新聞自由保護民主？或是民主多元保護了新聞自由？

　　強調主權在民、注重人權維護的民主制度被自由社會稱為「普世價值」，民主化浪潮一波又一波，不過，到二十一世紀初期，民主制度所涵蓋的地球人口總數也才勉強到一半。以中國、俄羅斯為首的威權國家不只進軍烏克蘭且放話要進犯臺灣，以美國為首的民主陣營與威權國家分庭抗禮。美國總統拜登（Joe Biden）就任後第一次新聞記者會強調：「二十一世紀是民主與專制的一場競賽，民主國家必須團結在一起，共同努力證明民主是可行的。」他直指中國國家主席習近平跟俄羅斯總統普丁（Vladimir V. Putin）兩位國家領導者都認為「專制是二十一世紀這個時代的潮流，他們兩人也堅信民主是沒有辦法改變時代發揮作用的。」拜登表示，他要求自己在任期內最重要的事，是向全球證明這件事：「美國民主和資本主義模式是好的、有效的」，拜登堅信民主制度會比習近平強制實施的共同富裕等，和民主不同的制度來得更好、更適合人們。₁

"

1　參見 David E. Sanger and Zolan Kanno-Youngs，"Biden Assails Republicans Over Voting Rights and Defends Record on Border"，*The New York Times*，https://www.nytimes.com/2021/03/25/us/politics/biden-news-conference.html?_ga=2.197374188.2135870796.1634714777-949093320.1634714777。

從近年局勢來看，民主化浪潮似有所衰退，威權浪潮捲土重來，雙邊拉鋸白熱化，兩大意識形態對壘，臺灣獨特的歷史背景與地理位置，成為這一波民主與威權較勁的最前線。許多國際社群與媒體將目光焦點放在臺灣，視作威權為侵蝕民主而欲搶占建立灘頭堡的衝突地帶，英國雜誌《經濟學人》（*The Economist*）2021 年五月以「整個地球上面，最危險不安之處」（the most dangerous place on Earth）為題形容臺海兩岸。這並非危言聳聽、空穴來風，早在三月，負責印太和平的海軍上將戴維森（Philip S. Davidson）在美國眾議院軍事委員會聽證會中強調，臺灣是中國對外擴展，實現野心的首要目標。中國的目的是要挑戰美國在全球的領導地位，中國的動作與步伐會愈跑愈快，戴維森向全球示警，習近平最快可能會在 2027 年出兵攻打臺灣。[2] 美國海軍軍令部長（CNO，或稱作戰部長）吉爾迪（Mike Gilday）2022 年十月提出警告：「當我們討論 2027 年窗口（2027 window）時，我認為必定有 2022 年窗口，或可能有 2023 年窗口。」他表示，中國或許最快在 2022 或 2023 年入侵臺灣，美軍應盡早為中國入侵臺灣的可能性做好準備！

　　臺灣正遭受的危險不僅止於直接的軍事威脅。日本前陸將渡部悅和在媒體專訪時直言，中國對臺灣發動的是「混合戰」（Hybrid Warfare），即中國所謂的「超限戰」，這是界線模糊、改變現狀的手法，介於軍事和非軍事之間，當代戰爭不再是船

堅砲利而已，也不再以正規軍隊正面對戰。目前臺海之間處在
「灰色地帶作戰」，也就是介於軍事與非軍事之間；中國投入了
很多的力量在對臺實施情報戰：例如偵察、監視、滲透、探試
等等基本工作。此外，對臺認知作戰，運用融媒體展開宣傳戰
等也都是中方的大動作，當代倚重的社群網路也在這場認知作
戰有吃重演出。渡部悅和坦言，他擔心臺灣的民主選舉可能被
「親中政權」的候選人透過民主的選戰方式來達成親中效果。[3]

　　國際人士在二十一世紀的此刻，目光集中在全球的焦點：
臺灣。很多人擔心 2023 年到 2027 年的臺海戰事，但，我認為，
此刻的臺灣在巷弄之間，早已透過媒體進行一場「媒體內戰」，
這也是一場「進行中的無煙硝戰爭」，從資訊戰網路戰的觀點
來看，民主臺灣和習近平主政下的中國早已在新聞和論述上交
戰了。臺灣能否維繫民主價值不被侵蝕？民主制度能不能突破
逆境進而鞏固深化？臺灣被認知作戰的媒介、社群網路、社會
組織能否繼續保有自由？這些都是民主持續進步的解方。[4]

　　要研究這個方向有許多途徑，根據前述脈絡，我認為新聞

66

2　戴維森的原說法是中國對臺威脅可能在 10 年內發生，實際上更可能在 6 年內出現。參見盧伯華，
〈美印太司令戴維森警告國會：大陸很可能在 6 年內入侵臺灣〉，《中時新聞網》，https://www.
chinatimes.com/realtimenews/20210311000047-260409?chdtv。
3　參見〈日本前陸將：臺灣有事是一種混合戰　早已開戰〉，《自由時報》，https://news.ltn.com.
tw/news/politics/breakingnews/3541968。
4　參考林宗弘，〈林宗弘：美國的民主能復興嗎？〉，《上報》，https://www.upmedia.mg/news_
info.php?SerialNo=126617。

自由議題值得聚焦，特別是當下新聞已成為內部管控與外部攻擊的工具。無國界記者組織在「2021 世界新聞自由指數」（2021 World Press Freedom Index）報告內容指出，中國持續加強控制新聞和訊息，展開在線監視公民的社會模式；不僅如此，中國試圖把影響力延伸到全球各地，單方面把中國政權所設定好的言論內容、吹捧孔孟思想等中國思維傳播到全球各洲各國各城市，阻斷資訊的多元化呈現。2022 年的報告更直指：國家主席習近平自 2013 年執政以來，恢復毛澤東時代的媒體文化，

圖 1-1　世界新聞自由度

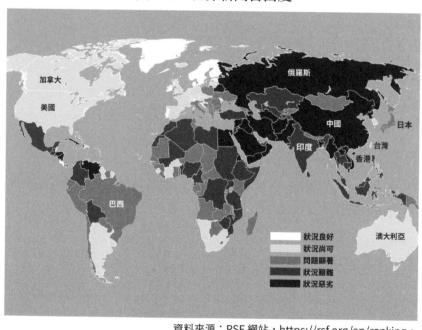

資料來源：RSF 網站，https://rsf.org/en/ranking。

入侵編輯臺

自由獲取訊息已成犯罪、提供訊息更是。媒體受到更嚴格控制，且政府為外國記者製造愈來愈多的障礙。[6] 中國試圖以新科技、網路力量無遠弗屆地去監視控制，反映亞太地區的威權政體，在此階段更利用疫情，以威權方式控制媒介及傳播出去的訊息，手段更難以察覺，干預威脅新聞媒介，弱化了新聞自由。[7]

臺灣 2021 年的新聞自由表現名列第 43，2022 年則是提升回 38 名，重回東亞第一、亞洲第三，僅次於 17 位的東帝汶、33 位的不丹。臺灣新聞自由表現起伏不定的理由，有可能和 RSF 提到的亞洲地區遭造假資訊攻擊新聞自由有關，而且臺灣直接面臨中國介入干擾。不過，臺灣也有特殊優勢，就是整體自由度表現近年持續提升，為新聞自由提供良好基礎。

國際著名的無政府組織美國「自由之家」（Freedom House）於 2021 年在全世界各國的一個「自由度」調查發現，世界各地受新冠肺炎疫情流行、經濟受挫及疫情所苦，所以 2020 年全球「自由度」下滑，但臺灣以得分 94 分名列自由的國度之中，表現還比 2019 年成長一分，是亞洲地區的第二名，第

66

5　該報告透過由 87 個問題組成的問卷調查來完成，再依情況分為五個等級（參見圖 1-1）。

6　參見 RSF「2022 世界新聞自由指數」的中國部分，https://rsf.org/en/china。

7　參見葉冠吟，〈2021 世界新聞自由指數 中國排名倒數第 4〉，《中央通訊社》，https://today.line.me/tw/v2/article/OWkPEv。

一名是日本拿到 96 分，表現仍屬於前段班。[8]2022 年臺灣同樣拿下 94 分，維持了相對穩定的自由度。自由之家曾經也針對新聞自由的部分做過調查與評比（請參見表 1-1），從其分數變化的趨勢來看，臺灣新聞自由表現逐步穩定提升，尤其是在 2008 年第 32 名為亞洲第一，不過，兩年內 2010 年卻掉到第 48 名，跌幅很大變成亞洲第八，後期再微幅上下；從世界排名的變化情況來說，似乎代表全球新聞自由度愈來愈受負面的影響，這

表 1-1　自由之家臺灣歷年新聞自由度與世界排名變化

年度	法制環境	政治環境	經濟環境	總分	全球排名	自由度
2017	-	-	-	25	39	Free
2016	-	-	-	26	44	Free
2015	9	10	8	27	48	Free
2014	9	9	8	26	47	Free
2013	9	9	8	26	47	Free
2012	8	9	8	25	47	Free
2011	7	9	9	25	48	Free
2010	7	9	8	24	47	Free
2008	7	7	6	20	32	Free
2007	7	7	6	20	33	Free
2006	7	7	6	20	35	Free
2005	8	6	7	21	44	Free
2004	9	7	7	23	50	Free

資料來源：作者整理自自由之家網站，https://freedomhouse.org/。

入侵編輯臺

一點和 RSF 的報告一樣，可惜自 2017 年後自由之家不再針對新聞自由部分公布調查報告。

行文至此，有兩個關注重點，一是臺灣處於民主與威權陣營對抗的前線，面對來自中國的壓力除了被動接招，更應設想主動應對之策；二是在仍未走到「熱戰」的情況下，威權國家以非傳統軍事手段，藉資訊戰影響新聞自由，從而達到操控輿論，以內部途徑侵蝕民主，這種新型態戰爭已然來臨，如何建立有效的觀察路徑並加以因應？目前相關討論雖多，卻少見對於新聞自由系統性的分析，並提出政策建議，我們希望能填補這塊論述，找到答案。

隨著第三波民主化浪潮停歇，第四波民主化又不如預期順利，近年全球關切於威權對民主的滲透、影響或侵蝕，民主價值在威權陣營內的發揮則呈現力有未逮的窘境。舉例來說，William Zimmerman 在書中討論俄羅斯對內對外的選舉式民主情形，尤其是 2008 年梅德韋德夫（Дми́трий Анато́льевич Медве́дев）任內，修改憲法延長總統與議員任期，被認為係為普丁後續再任總統鋪路，暴露出俄羅斯民主程

❝

8　該報告由「政治權利」（Political Rights）與「公民自由」（Civil Liberties）兩部分的評比組成，臺灣分別獲得 38 分（滿分 40 分）與 56 分（滿分 60 分），被認為從 2000 年以來，臺灣充滿活力並有競爭性的民主制度，讓敵對政黨之間能進行 3 次和平的政權轉移，且對於公民自由的保護在整體上是強而有力的。參見自由之家「2021 世界自由度報告」的臺灣部分，https://freedomhouse.org/country/taiwan/freedom-world/2021。

序只是一個空洞的儀式；他指出，俄羅斯已確定回歸到完整的威權主義（Zimmerman 著，辛亨復譯，2018：257）。

　　由此延伸，有一些論著開始探討民主是否難以存續，會不會逐漸陷入威權專制的窘境。例如《民主國家如何死亡：歷史所揭示的我們的未來》一書認為民主國家可能扭轉為專制政體，書中分析專制領袖有可能在民主國家當選總統，接著濫用政府權力，在言論自由方面予以壓制，並且讓反對黨無法表現，該書認為，看似健康的民主國家，最後也有可能倒退到成為威權、專制政體（Levitsky and Ziblatt 著，李建興譯，2019）。又或者是《民主會怎麼結束：政變、大災難和科技接管》所探究民主政體中運作制度的衰敗危機，分析有哪些情況可能會威脅到民主的生命（Runciman 著，梁永安譯：2019）？更經典的論述還包括了對當代科技工具的納入，像是《民主在退潮：民主還會讓我們的世界變得更好嗎？》，認為民主的波浪慢慢退去，這是各國各洲的大趨勢，西方民主體系開始衰退，網路／互聯網成為民主兩面刃，在這當中扮演了某種程度上的關鍵角色（Kurlantzick 著，湯錦台譯，2015）。其他還有《鍵盤參與時代來了！：微軟首席研究員大調查，年輕人如何用網路建構新世界》，特別點出當前演算法的政治，藉由社交媒體主導年輕人的選舉傾向，這很可能加深社會分化的現象（Boyd 著，陳重亨譯，2015：285）。

兩大意識形態的勢力變化，除了各自內部受到政治人物行動或科技工具的影響，更重要的還有雙方主動相互滲透（或者說侵蝕）的動作，由於基本理念不同，民主陣營在這方面相對處於劣勢。有學者就對澳洲受到中國的魅力攻勢經濟外交感到憂心，認為中國的操作很可能已影響到澳洲的國家政策，甚至破壞澳洲的安全系統，弱化澳洲民主政治，也讓國際盟友不再信賴澳洲政府（黃恩浩，2018）。又例如《無聲的入侵：中國因素在澳洲》一書嚴肅地指出，從政界到藝文界，從買賣房產到農業生產，包括孔子學院入侵校園等，許多事務都因被中國人介入影響而改變。作者擔憂地指出，中國人有系統地進入澳洲，甚至滲透進政壇，捐款、參與政治、影響議員助理，一步步擴展中國人在澳洲政治上的影響力。作者更嚴正指出，入侵大學及小學的部分，中國勢力影響學術自由，只要在校園內批判中方就會遭受無情恐嚇。而且，這些反中的力量及人士的名單及動作，都會遭搜證送給中國政權。可以這麼說，中國的威權主義幾已入侵買掉澳洲的自由，不免令人憂心（參考 Hamilton 著，江南英譯，2019：350）。

　　民主理論重要學者 Larry Diamond 也表達了這樣的看法，他認為當今自由世界所面對的兩大主要威脅，分別來自俄羅斯與中國，兩國同樣虎視鄰國、軍武及媒介動作頻頻（參考 Diamond 著，盧靜譯，2019）。主要的體現在於威權國家利用

民主制度裡的公民自由權展開影響力的滲透與改變，如果要比較俄羅斯和中國有什麼不一樣，兩者同樣都是威權政體，俄羅斯聲稱是民主選舉但當選得票九成以上，中國聲稱是社會主義的「民主」，但習近平無任期限制，中國這些年來展現對全球各洲的企圖心，且逐步挑戰美國，透過一帶一路等方式，在經濟、甚至疫苗政治上等步步進逼。中國這些年來接收了美國臺灣等各地的投資，比起俄羅斯更有實力建立全新國際影響力。此外，這些年來中國的大外宣，有系統地在世界各地的媒介、學校等方面展開宣傳，習近平威權滲透進民主社會的影響力遠超普丁。換句話說，中國已經是當前民主體制最大的威脅來源。9

此刻，臺灣正在兩大陣營對壘最前方的浪頭上，民主政體和威權政體互相與志同道合者結盟，兩大陣營壁壘分明，臺灣正是中國對外擴充影響力的最前線，且中方一再強調臺灣是中國領土無法分割，已有許多討論將焦點放在臺灣所受到的中國威脅形式。學者沈伯洋提到，當代的戰爭不再只是軍備較勁，已經從金融戰爭打到外貿比賽，從資訊電腦破解到外交戰狼互相比賽，也就是認知作戰、混合戰，在這麼多的現代戰爭手法之中，資訊作戰是對臺灣著力最深，而且影響成敗結局的關鍵作戰手法（參考 Sanger 著，但漢敏譯，2019：10）。

從地緣關係來看，臺灣也涉及美中在印太區域的戰略布局，我們與許多其他「中等實力國家」參與其中，臺灣不只與印太

區域國家結盟，甚至和波羅的海國家如立陶宛展開外交及策略合作，和歐盟國家如法國、捷克等議會合作互訪，與五眼聯盟國家交換訊息，臺灣更透過護國神山的晶片大廠優勢，與他國展開 5G 等資訊系統的合作，並向美方積極購買武器，與世界各國全面互動（參考 Medcalf 著，李明譯，2020）。臺灣正處於大國競逐的前沿地帶，必須審慎應對各層面的影響。

新型態的戰爭威脅最直接的表徵是社會輿論走向，尤其新聞自由是民主國家應對虛假資訊作戰的最佳防守利器，社會透過新聞自由維護真相，以鞏固民眾對自由民主價值觀的信心。中國流亡美國的經濟學者何清漣所撰寫的《紅色滲透：中國媒體全球擴張的真相》指出，中國自 2009 年起在全球展開大外宣計畫，銳實力轉化為輿論操控，何清漣藉自由之家的報告認為臺灣的新聞自由度受臺海關係影響，尤其 2008 年臺灣的新聞自由指數被專家學者們高度評價名列為亞洲第一名、全球第 32，但在服貿等爭議事件後，2010 年掉到亞洲第八、全球第 47（何清漣，2019：158）。另外，有研究整理假新聞的分布情況，認為臺灣每天遭到兩千五百則假新聞攻擊，長達七天的中國黃金週假期攻擊臺灣的假新聞數量大幅減少，顯然假新聞可能來自於中國，且假新聞和運算宣傳都來自中國解放軍的 311 基地

66

9 參見陳方隅，〈從《妖風》看民主危機與美中關係〉，《菜市場政治學》，https://whogovernstw.org/2020/10/22/fangyuchen37。

（Cole 著，李明譯，2019：101-102）。

　　根據前述脈絡，當前全球正處於激烈的民主與威權的價值競爭，威權國家不遺餘力侵蝕滲透民主國家，試圖在對決中勝出。至於臺灣，基於自身特殊的歷史因素與地緣關係位於前線、首當其衝，並已開始有愈來愈多的研究論述將臺灣現況做為討論焦點。

二、民主 VS 非民主的前哨戰

為了更細膩地處理與民主有關的議題，也稍微爬梳與本書相關的研究脈絡，大致可分為幾個面向，以下個別做簡單回顧：

（一）民主與非民主政體間的互動

二十世紀末影響全球局勢的一大現象，是第三波民主化潮流。學者所稱的第三波民主化，最早是從南歐 1974 年開始，波蘭在 1989 年揮別共產黨，接著，匈牙利、東德到捷克、斯洛伐克與羅馬尼亞，全球的第三波民主化讓社會主義國家轉型，威權獨裁政體邊緣的新興民主國家一個又一個誕生。這些年來，政治學者討論著民主是不是最適合於人類的政治體制。民主化一波波的浪潮之間，呈現了地理群聚（cluster）現象，也就是說，鄰近國家互相有模仿效應。隔壁的國家如果民主化成功改革，也當然會給周邊國家帶來鼓舞，掀起多波民主漲潮。特別是，部分國家出現內部腐敗或不良政治時，也會透過制度改變、民主化來解決國家的積弊（李酉潭，2012）。

一個國家是不是民主化受到三種層次影響：全球的、區域的與鄰國的。所以，很多研究都強調民主轉型國家鄰近周圍國

家的民主化情況。這也是為什麼臺灣媒介時常關切香港及中國情況的原因。民主理論學者 Samuel P. Huntington 在第三波民主化理論強調：外部因素（external factors）與示範效應（Snowball effect）。Huntington 認為，在外部因素上，美國、蘇聯和歐盟都有影響，所謂的「骨牌效應」、「滾雪球效應」掀起了一波的：「民主擴散」（democratic diffusion）。而民主擴散受到六項如下的主要變項影響：國際的滾雪球效應、領導者能力因素、經濟危機及其發展、宗教立場、合法統治權威困局與政績、強權國的政策改變等（Huntington, 1991）。

學者李西潭（2006）曾就臺灣與俄羅斯做比較，藉由自由之家所發布的調查報告，來探討民主與非民主的不同。例如在政府、司法改革、新聞媒體、集會結社等，以此不同面向來分析不同政治體制（民主與非民主）之間所呈現的差異及其原因為何，並探討政體轉型（民主化）與政體存續的可能性。

近代的討論，多是就各國國內脈絡、以及國際秩序等面向來著手，尤其是討論第三波民主化之後，民主輸出造成一波波革命，帶動全球民主風潮。但，這些年來，部分威權國家不只屹立不搖，甚至開始反過來輸出威權專制的意識形態。箇中原因，學者研究 35 個競爭型威權主義國家，發現這些國家從 1990 到 2008 年如果面臨西方國家利誘（leverage）有限，威權主義國家比較有機會生存下來；如果威權主義國家擁有有效率的政

黨,而且假設有強有力的壓制能力才有可能繼續存活（Levitsky and Way, 2010）。另一項理論,則是從威權主義國家的三種理論來研究:政治經濟條件,政治體制的調適（regime adaption）,以及權力平衡。這些理論也強調了威權主義國家的「韌性」,也就是「威權韌性」,強調這樣的國家可能比較能夠有適當的調適能力,可以因應民主化潮流的改變,所以威權國家將可持續掌控政權（Pei, 2012）。

加上近年國際情勢轉變、網路社交媒體崛起、政治透過網路直接影響個人,世界討論的是俄羅斯以資訊戰影響烏克蘭、克里米亞、波羅的海三國,或者討論中國銳實力如何滲透澳洲、東亞甚至美國等。某種程度上來說,對於銳實力的戒慎恐懼已經取代上世紀 90 年代的中國威脅論,因為此與我們過去所討論的軟實力不同,不僅僅是對外散發吸引力,更是主動採取分化、操弄或收買等策略,滲透並實際影響目標國家的運作,諸如破壞民主國家的基本人權價值,或是民主國家之間的聯盟關係等等（黑快明,2020）。

學者們討論威權鞏固、威權韌性、威權輸出、威權擴散等語詞,彷彿此時是威權即將贏過其他政體的黑暗時刻。根據自由之家所公布的調查,2010 年就指出全球自由化連著五年受挫,是該組織自發表世界自由度報告以來連續最久的倒退。尤其在非洲,民主已節節敗退。還有俄羅斯和中國的專制政權對自由

民主人權的迫害更是有增無減；2016 年自由之家報告再指出，全球自由程度連續 11 年下降，主要原因是民主國家中的民粹主義及民族主義增長，而威權主義持續上升，共有 67 個國家的政治權利及公民自由面臨衰退。

　　自由之家的一份報告：〈數位威權主義的崛起〉（The Rise of Digital Authoritarianism），針對「網路自由」指出，當代政府用科技控制民眾，全球的「網路自由」節節倒退。這項報告警示當代，「數位威權主義」一方面是在網際網路假訊息充斥，不實謠言散播，嚴重侵犯當代人隱私權；另一方面數位威權主義「直接監控」，利用新科技無所不在的監視器，加上 AI 技術全面監控，不只辨視瞳孔甚至連骨骼族群特徵都可以短時間清楚分辨身分。例如中國所發展出來的「天網」（Skynet）系統已侵犯人權。自由之家警示，數位威權主義用來做為監控人民自由的社會信用系統，勢將重創民主自由現行制度，他們擔心，未來中國將在世界各洲各城市利用「數位威權主義」，以更多的管控與秩序來進一步取代現在的民主與自由的制度。[10]

（二）威權侵蝕

1. 威權擴張或滲透

　　雖然有一波又一波的民主化浪潮，但另一方面，威權國家依然稱霸一方且發展出一套數位威權理論，甚至有一套新的所

謂的「他們的『民主』論述」。例如俄羅斯與中國近年拋開蘇聯解體及中國六四天安門事件的谷底，全力展開內部的威權鞏固及對外的威權擴散、威權輸出，雖然還未達到大量催生民主倒退的情況，但確實全球的民主發展停滯，即所謂的「民主退潮論」。有學者將民主國家分成兩類，也就是「選舉式的民主」（electoral democracy），而另外一類則是稱為「自由式的民主」（liberal democracy），認為部分新興民主國家只符合「競爭式選舉」，未達自由民主的標準，出現選舉式民主超過自由式民主的情況（參見下圖 1-2）。在他的觀點中，係因第三波民

圖 1-2　1974 年至 2013 年世界民主國家的成長

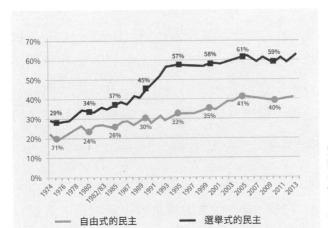

資料來源：
Diamond, Larry
(2015), "Facing Up
to the Democratic
Recession," Journal
of Democracy 26(1):
143.

66

10　參考普麟，〈我們與中國科技監控的距離——淺談中國的數位威權輸出〉，《菜市場政治學》，
https://whogovernstw.org/2019/07/08/linpu7/。

主國家的民主化過速，內部有分裂主義，此外，也因為經濟不佳引發更多對立衝突，所以民主制度不敵專制主義（Diamond，2015）。

政體的國際擴散有兩項層次可以仔細分析，一為價值示範，另一則為實質影響，這兩個層次讓威權政體或民主政體展開擴散。所謂價值示範，就是透過威權或民主政體本身的表現，展開對外宣傳，讓其他國家體會到威權的好處或民主政體的可貴，尤其是政體效能與適切性（effectiveness and appropriateness），更會對其他國家展開擴散，例如過去民主國家以英文媒體對外輸出民主價值，現在則有中國對外具體明白的大外宣政策。另一種「實質影響」是透過國力而直接影響他國，甚至以經濟、武力等來改變他國政策（leverages），也有的是在他國培植社會或政治力量（linkages）。這些手法正是一些威權大國目前正在世界範圍內操作的，換言之，對於全球性的民主退潮趨勢，他們（如俄羅斯、中國與伊朗）可能扮演了舉足輕重的角色。[11]

近年專制化似已日漸提升，甚至透過數位而向外擴散，學者也關注威權擴散及其間的合作情形，基本上威權擴散確實存在，甚至威權之間還能夠合作推廣價值觀鞏固統治（Yilmaz and Yildirim, 2020），媒體就扮演了重要的角色，一方面可以做為釋放地方社會壓力的工具（Huang et al., 2019），另方面

　　　　　　　　　　　　　入侵編輯臺

也可以反過來協助形塑對民主國家滲透的策略，因為對於民間社會部門（媒體亦屬之）的操作，一直以來都是威權國家的拿手好戲，儘管一般都認為非政府部門的活躍會打造有利於民主發展的社會資本，但威權國家若能做好操縱管理，反而能夠成為協助其政權穩固的有效工具（Huang, 2018）。

　　至於實質影響效果為何，或許可以參考「威權連結」（autocratic linkages）的概念，相關論述認為，如果威權國家跟另一國的兩國連結性高互動多，威權國家對此國的作用力影響力越大越強，越有利於威權擴散（Tansey, Koehler and Schmotz, 2017）。但是，也有情況是不受隔鄰與否的距離影響，例如俄羅斯或中國所能發揮的政經影響力是全球性的，像是一帶一路就從亞洲跨足非洲，這樣也可以藉由政經連結來發揮作用。有兩個值得關注的案例就是臺灣與拉脫維亞，臺灣因複雜的歷史因素一直存在著認同一個中國問題，拉脫維亞國內則有三成俄羅斯裔人口，中國與臺灣、俄羅斯與拉脫維亞之間的連結性高，受到威權擴散的影響強度及國內的政治發展情況值得關切。

66

11　參考陶儀芬，〈全球民主退潮下看「中國模式」與「太陽花運動」〉，《菜市場政治學》，http://whogovernstw.org/2015/03/23/yifengtao1/。

2. 中國因素

學者認為，中國崛起且試圖影響全球，臺灣因地緣因素影響最大，不只政治，包括宗教體系、社會脈絡、產業發展、文化認同等等，都與中國相近而被刻意連結受影響。中國威權體制對臺灣的滲透方式除了直接施力，還透過臺灣在地協力者合作。學者分析，中國與臺灣語言文化接近，中國對臺的施力方式更為複雜深入而且有效。那麼，這樣的「中國因素」如何展現？基本上，可以從一些臺灣的社會變化看出中國如何對臺灣內部施加影響力，之前是從發行體系、下廣告、動用資本買股權等市場利益收編部分臺灣媒體（參考吳介民、蔡宏政、鄭祖邦編，2017）。這作法幾乎與中國在其境內操作媒體的手段如出一轍。有研究指出，中國普遍存在基於政治因素的媒體審查制度（Hassid, 2020）；普通公民透過自媒體發表言論，也會自我審查，以避免政治「麻煩」（Chang and Manion, 2021），突顯了寒蟬效應。

另一方面，Edney（2012）、Shambaugh（2007）與Tsai（2017）研究中國中宣部與宣傳機器，不只政府部門及官媒是宣傳重點，連共青團、國臺辦、甚至解放軍都要展開網路及內容。學術界如哈佛大學 Gary King 團隊研究「五毛黨」，從獲得的網路資訊逐一分析網路上的「五毛」在社群媒體幫中國政府不斷說好話塑造官方好印象（King et al., 2017）。學界

並研究中國如何在臺灣買廣告買媒體，甚至利用中資直接或間接影響媒介（Huang, 2017）。還有一些假訊息研究認為臺灣是受到中國假訊息內容影響的重災區（Monaco, 2018），還有一份研究是針對中國對韓國及美國兩國社會，受大外宣影響的跨國比較（Min & Luqiu, 2021）。紐西蘭學者 Anne-Marie Brady（2017）在美國威爾遜中心（Wilson Center）以「Magic Weapon」（法寶）為題，分析習近平掌權下的中國如何對紐西蘭統戰影響。

2019 年，自由之家進一步指出，中國在全球的媒體影響力已造成民主制度「極大的滲透性傷害」。自由之家分析，中國透過各種代理人組織，在全球擴展媒體，而且從各個管道發揮影響力，全面積極介入各國操作。自由之家分析，中國用三種方式影響全球媒體：一是推廣中國說法；二是壓制所有批判中國的觀點；三是直接經營「內容傳播」系統。有趣的是，在該報告中臺灣排名最高的 4 分等級，中國列最低的 0 分等級，但 0 分的中國試圖利用媒體干預 4 分的臺灣，透過施壓與監控影響全球媒體報導，且似乎頗有成效。[12]

中國直接或間接在國外推行有利於他的審查制度，希望減

66

12 參見自由之家 2019 年度媒體自由度報告，"Media Freedom: A Downward Spira"，https://freedomhouse.org/report/freedom-and-media/2019/media-freedom-downward-spiral。

少對中國的負面報導或壓制國外某些團體（例如法輪功），和中國做生意且依賴貿易程度深的國家愈明顯，不依賴中國的國家不太願意侵犯新聞自由疏遠西方列強，若與中國的經貿往來頻繁，就容易為了利益而監控國內的媒體（Gamso, 2021）。

一些研究認為，美國因前總統川普（Donald Trump）體會到中國威脅性，將應對中國的主要框架從潛在挑戰者轉為正面的當前威脅，但相對之下，其餘國家質疑中國的社會聲音卻愈來愈小（McCourt, 2021），這反映中國試圖施加於他國的影響，也就是威權滲透或威權擴散已然產生成效。另一方面，在現代新興高科技的協助下（或是說當代人對於技術的相互依存），中國這樣的威權主義者很容易跨越國界審查，並操縱公共話語，分化民主社會的兩極對立，並且破壞民主體制的穩定。像是自由之家研究中國大外宣（Cook, 2020）。

這類研究可以 2017 年「銳實力」一詞提出為轉折點，在這之前，中國以大外宣經費對外「說好中國故事」原本被視為「公眾外交」、「軟實力」的一環，美國國家民主基金會（National Endowment for Democracy, NED）2017 年底發布的報告中所提出的「銳實力」（sharp power）一詞。詹姆斯敦基金會（Jamestown Foundation）研究刊物《中國簡訊》（China Brief）多項重要題目是中國銳實力與資訊戰，世界各國成立專門研究中國影響力作戰的智庫或單位。美中經濟與安

入侵編輯臺

全審查委員會（US-China Economic and Security Review Commission, USCC）指中國將統戰的範圍從國內延伸至國際社會，包括美國、澳洲與紐西蘭，以及臺灣。2018 年度報告明確指中國為了削弱臺灣民主，在蔡英文政府上任後更加強對臺政戰工作（political warfare），包括支持反對勢力以及透過網路來散布假新聞與不實謠言等手段。美國全美學者協會（National Association of Scholars, NAS）2017 年指孔子學院是中國控制海外大學校園與輸出官方意識形態的機構。美國哈德遜研究所在 2018 年的報告就指出，美國應與其他民主國家串聯合作因應中國對外的政治影響力，並培養人民的媒體識讀能力。

位於美國阿拉巴馬州特洛伊大學的孔子學院。PHOTOED BY Kreeder13.

面對中國來勢洶洶的全球全面擴散，此刻被傳播的一方如何強化舊有的民主體制，鞏固民主，臺灣提出了以韌實力對抗銳實力，強調臺灣是韌性之島、科技之島、民主之島，也是人民生活幸福的幸福之島，努力提醒避免從媒介、組織、政經等各種媒體同步而來的威權滲透；至於如何反制並弱化威權體制的侵蝕，將是本書論述的方向。[13]

從這些關注民主與威權兩大陣營對抗的討論中，可以留意到對中國崛起的宣揚，甚或出現「威權其實是優於民主」的觀點（參考 Dobson 著，謝惟敏譯，2014；Lasch 著，林宏濤譯，2014；朝日新聞著，郭書好譯，2018）。會產生這種情況，似乎印證威權確實在進行某些對民主國家的滲透；而位於對抗前線的臺灣，受到中國的這種滲透干擾似乎特別嚴重，[14]時代潮流已把臺灣推到全球的風口浪尖上。

這引起我的好奇與關注 —— 究竟威權國家是如何做到對民主國家的侵蝕呢？換句話說，威權的「滲透」是如何進行的？是否有跡可循？而許多的觀測是透過新聞自由的表現來實現的，那麼新聞自由受影響的外在象徵與實質程度為何？如上所述，相關的威權滲透與民主抵抗的文章著作很多，多數從民主制度角度來思索，但是，討論新聞界實務裡媒介幹部們對「新聞自由」的觀點則有限，因此我以臺灣的現實情況做為觀察與分析的依據，用以回答先前提出的疑惑。

"

13 參考黃兆年,〈中國「銳實力」的影響與因應:從「國家安全」到「人類安全」〉,《菜市場政治學》,https://whogovernstw.org/2018/11/28/jawnianhuang8/。

14 在 2021 年 10 月 25 日時,美國有線電視頻道 HBO 單人脫口秀《上週今夜秀》(Last Week Tonight) 上傳的影片中花了約 20 分鐘專題介紹臺灣,除了一些有趣的時事議題,更細數了臺灣受中國侵擾的各個層面。參見〈影響力超大! 美國脫口秀專題介紹臺灣 主持人自製梗圖更勁爆〉,《自由時報》,https://news.ltn.com.tw/news/politics/breakingnews/3715324。

入侵編輯臺

第一章　輸出「中國價值」的大國崛起

「民主並不是什麼好東西，但它是我們迄今為止所能找到的最好的一種制度。」

—— 溫斯頓‧邱吉爾

一、威權如何影響世界

我在這本書裡，主要探討的是威權政體如何對民主政體發生影響，亦即，是否會出現「威權國際擴散」（international diffusion of authoritarianism）。威權的國際擴散方法一開始可能會出現「價值示範」，大國逐漸用經濟實力影響脆弱小國，導致夾在其間的小國家政體出現游移，可能就在民主政體或威權政體間移動。[1] 例如在民主選舉中選民可能選擇較接近法西斯或較接近威權的政治人物，或者民間論述開始幫威權政體擦脂抹粉。

Andreas Schedler（1998）曾提出以消極及積極兩種不同角度來論述「民主鞏固」，Andreas Schedler 認為，可以分成四類層次，分別為威權體制、選舉民主、自由民主、先進民主。因為，我們在討論「民主鞏固」時攸關我們所站的位置（where we stand），也就是一種經驗性觀點，當然，也和想要達成什麼目標（where we aim to reach），也就是「規範性水平」有關，上述兩項因素會影響到政體游移的結論及方向。

民主政體如果在制度建構時出現瑕疵，確實可能崩潰（breakdown）倒退回威權政體，其概念請參見下圖 2-1：

圖 2-1　民主深化或崩潰示意圖

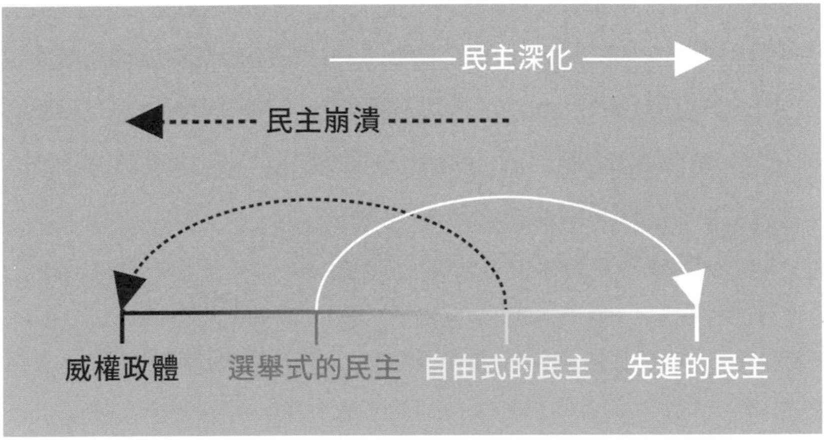

資料來源：作者整理自 Schedler, A. (1998), "What is Democratic Consolidation?" Journal of Democracy 9(2): 91-107.

　　另方面，國際霸權是如何影響新聞自由的作用機制？其霸權運作已影響到新聞自由的表現，這可以從政治經濟體制分析的途徑見到端倪。以臺灣來說，自 2008 年起新聞自由的國際指標逐漸下滑，很可能就是來自威權中國的運作，與在地協力者配合後在動態權力關係中造成（吳介民、蔡宏政、鄭祖邦編，2017：402）。[2] 而香港的新聞自由淪喪更為明證。

❝

1　參考陶儀芬，〈全球民主退潮下看「中國模式」與「太陽花運動」〉，《菜市場政治學》，http://whogovernstw.org/2015/03/23/yifengtao1/。

2　這可能與當時的政策背景有關，2008 年前後，臺灣對中國陸續開放中國觀光客、放寬中國資本對臺投資限制，以及中國留學生來臺解禁等，對於中國來說，形同開放更多管道讓其有能力影響臺灣媒體環境。

進一步分析中國對臺灣媒體環境施加影響力的方式，大致有幾條路徑與表現形式（吳介民、蔡宏政、鄭祖邦編，2017：472-479）：

（一）透過與中國有關的臺籍企業家收購媒體成為資方。
（二）採買媒體廣告或直接購買新聞。
（三）和臺灣媒體合作製作節目及新聞。
（四）和電視臺老闆利益交換。
（五）中國官員直接掌握媒體守門人，和媒體幹部強化人際關係。
（六）記者自我審查。

學者張錦華認為，產生這種變化的關鍵還是利之所趨，例如中共央視集團 2013 年的廣告金額高達七百億以上臺幣，相對於臺灣五大媒體（電視、報紙、雜誌、廣播及戶外）全年廣告量不到四百六十億臺幣而言，中國可運用的資本與施加的影響力可見一斑。據此研究發現，中國進行威權滲透臺灣新聞媒體的可能途徑有六，包括：

（一）媒體併購
（二）購買新聞
（三）代理人連結
（四）產銷生態控制
（五）排除異己（暴力、駭客）

　　　　　　　　　　　　　　入侵編輯臺

（六）編採傾中

綜上所述，我將以民主鞏固深化 vs. 崩潰的概念為基礎，假定威權政體會透過影響新聞自由的手段來滲透與侵蝕，建立本書的理論路徑。

我所運用的分析方式，主要為文獻研究，即先彙整各種既存的資料，包括官方文件、研究報告或相關論著，展開系統的觀點，並用客觀方式，以此判定過去事件真實性，接著，藉文獻來檢視作者對這個事件的看法是否合理。

而運用來驗證設想並達成研究目的之方法可分三條路線，分別如下說明。

首先是文獻分析法，此與本書運用的文獻分析途徑相互搭配。這種方法係根據一定的研究法，從調查文獻中得到資料之後，再系統地全面展開逐一分析要瞭解掌握研究問題的研究法。文獻研究法廣泛應用於各學科，以此分析瞭解問題的過去和現況，以確定研究命題。此外，再進一步就研究對象展開定位及印象，並觀察、訪問、論述。從理論與現實中，展開資料比對，進一步描述事件全貌，展開論述分析。具體來說，係以現有研究、新聞報導等參考文獻，以歸納法進行文本分析及個案研究。

其次為訪談法，並以半結構式的深度訪談為主。在設計上將透過較少但具代表性的樣本，根據研究主題與受訪者互動，

但不嚴格使用特定的問題或關鍵字眼，而是在建立研究者所需要對話方向的基礎上，針對受訪者的回應再加以詢問，藉此獲得更加大量、詳盡與深入的資料（參考Babbie著，李美華等譯，1998）。

在訪談的規劃方面，將深度訪問資深媒體人，主要採取立意取樣（purposive sampling）與配額取樣（quota sampling）的方法來篩選受訪者，訪談至少十年以上新聞資歷的媒體人或幹部，或是直接參與兩岸節目及新聞運作等實務經驗者。多位受訪者都是外界關切可能被威權滲透的媒介幹部。訪談過程中透過「厚實的全描」來觸及議題──「厚實的描述」這個觀念肇始於賴爾（Gilbert Ryle），他認為民族誌學的目的就是替案例提供厚實的描述，而非輕描淡寫（thin description），這樣才能找出「不同層次間井然有序的多重意義的結構」（朱全斌，1998：138、140）。

我邀訪多位曾任職於《中國時報》、《蘋果日報》、或與中國因素相關的網路媒體、曾赴港澳落地的電視臺等，曾經或持續受到中國因素影響的媒體公司，或廣播電臺中負責與對岸接觸的關鍵人員，期能取得顯著案例的內部資訊。其次，依據媒介類型進行配額取樣，受訪者中多人曾任職或現任職於平面媒體、多位曾任職或現任職於電視媒體，其中也有前去港澳的記者及幹部、多人曾任職或現任職於網路媒體，其中也有與中

資網媒有關者。特別需要註明的是，訪談的時間皆於 2019 年到 2021 年。

　　我所納入的訪談對象為媒體界從業人士，因為我長期從事媒體工作，儘管在資料呈現上是以訪談的方式，但實際交往的過程中偏向以同為媒體人之間相互就特定議題各抒己見，共同探討臺灣當前現況的對話性質。換句話說，在蒐集訪談資料的過程中，並非單純以研究者、受訪者的身分進行，更多是以同屬媒體圈的同業人士做對話來操作，比起單純的訪談，透過同屬一個社群的角色扮演，可以從中得到較為深層、一般不外顯的真實資訊。

　　我們知道，民主國家具有多元開放的特質，但是，民主國家的新聞自由因為他國威權滲透，會成為民主的被穿透點嗎？威權政體一向視媒體為「宣傳工具」，威權政體透過媒體滲透，進一步影響民主國家的新聞自由？民主國家的新聞人會因為威權滲透後，心甘情願接受審稿或言論管控嗎？

　　前言略述了民主與威權兩政體近年來的制度及歷史資料的研析，以及威權及民主國家這些年來新聞自由的變化，威權政體從政治、經濟建立一個依賴結構，從而影響民主自由的鄰國。另一方面，類似上個世紀的民主輸出，威權國家仿效民主強國利用經濟力量要求他國民主改革的模式，透過經濟力量影響民主鄰國認同威權，透過政、商以及國族認同者，[3] 找到民主國家

在地的企業、政黨、新聞界等成為威權力量的在地協力者，影響民主政府及媒體企業，達到對新聞自由的干預？

　　本書是以臺灣為主體場域，以綜合戰的媒介領域及新科技社群網路為觀察變項，[4] 探討臺灣遭受威權國家（中國）的侵蝕滲透情況。具體來說，係結合認知作戰的理論觀點，以及媒體如何被外來力量影響的幾種有效途徑，探究臺灣的媒體自由情況，以理解威權滲透到我國新聞界程度為何，並提出防衛手段。

66

3 參見繆宗翰，〈因應中國滲透，防火牆與經濟轉型應並重〉，《中央社》，https://www.cna.com.
tw/news/aipl/201904070014.aspx。

4 當前民主與威權之間可說是透過技術來實現價值體系的競爭，是會透過科技達成威權主義的價
值，對抗民主體制所強調的多元、不同、差異、尊重、自律的自由主義社會，又或者反過來實現民
主對威權陣營的圍堵？科技力量能夠協助摧毀威權主義，還是爲威權主義打敗民主自由？

從「臉書帝吧」看紅色入侵

臺灣人權工作者李明哲只是進中國就被關五年，對比造謠疫情的帝吧臺灣負責人如今仍逍遙自在，讓人不禁懷疑第五縱隊總部會不會根本就設在臺灣司法體系！

兩千萬人追隨的「百度帝吧」、擁 153 萬鐵粉的「微博帝吧」和在臺灣散布謠言的「臉書帝吧」是否同屬「共青團」直接指揮？是否受中國官方金援？臉書帝吧臺灣負責人 2019 年在江西受哪一個組織的專業網軍培訓？在臺灣有多少同謀？他們長年散布了「阿輝伯死於心冠」、「總統懷孕」、「大巨蛋下面上千具武漢肺炎患者屍體」等低級謠言，這些疑問隨著「帝吧微博」IP 證實就在臺灣而倍受矚目，網友驚呼：原來長年散布仇臺言論及離譜疫情謠言的人就在臺灣！

接著，網友更傻眼的是，仇恨值很高的「臉書帝吧」臺灣負責人尹垣程只被判刑三個月，陸配妻偷取他人證件假造還緩刑！之前網友曾留言「帝吧竟在臺灣，看看民進黨政府能讓他活嗎？」這個刑期的數字顯然會讓中國網友更加驚呆！

中國國臺辦發言人朱鳳蓮被問到中國政府和這些帝吧網紅

關係更輕描淡寫：「平臺可分享成功經驗表達意見，相互瞭解彼此成就。」言談竟認為「帝吧微博」及「帝吧臉書」促進兩岸情感非常正面。

的確，中國學者 2016 年曾有一波美化百度帝吧網攻的研究，在中國形成顯學，明明是千軍萬馬翻牆來罵人，美國邁阿密大學副教授李紅梅的論文卻形容：「帝吧的網民他們強調文化認同、情感共鳴和集體行動，且強調組織紀律⋯⋯」、「你中國爹爹都不屑於用文字辱罵你」、「大家也不要罵太狠了，畢竟都是自己兒了，作為爸爸的教育教育就好」，類似這樣低級語詞竟是為了「聯絡兩岸情感」。浙江大學講師王喆的論文《今晚都是帝吧人：作為我們情感化遊戲的網絡民族主義》認為，「帝吧的文字模組」是：「在網絡民族主義的情感遊戲中，折射出青年一代的情感結構」，他認為這與以往的敵意、霸權和父權的網攻不同，「帝吧出征」以正向情感突顯出愉悅的「愛」。這樣的描述和臺灣網友的經驗相距十萬八千里，也代表這是兩個國度。

中國百度擁有兩千萬用戶、人氣最高的「帝吧」，這些年來都是中國傳播學者研究「網路民族主義」的熱門研究，一篇又一篇論文代表「帝吧」影響無遠弗屆。也因此，當 2022 年 5

月前後，被截圖發現帝吧微博的 IP 顯示根本就在臺灣，讓中國網民深覺不可思議。

司法體系有可能對「帝吧出征」不熟悉，其知名行動為 2016 年元月 20 日晚間 7 點，因周子瑜道歉、民進黨總統勝選等因素，帝吧發動成千上萬中國網軍在鍵盤敲出「帝吧出征，寸草不生」口號，翻過網牆，以紅軍出征之姿穿出防線，運用該論壇人海戰術，翻牆至周子瑜韓國經紀公司、蔡英文總統等政治人物的臉書及電視臺，以大量評論洗版，數千萬名網軍造成 DDoS 癱瘓攻擊（分散式阻斷服務攻擊，distributed denial-of-service attack，簡稱 DDoS），不過，中國網友低級言論被網路戲稱「帝吧出征，笑到往生」。2019 年 7 月 21 日帝吧新浪微博官方又發動反香港送中運動聲援特區政府，宣布在 7 月 23 日「出征」香港各大社交媒體。

自由亞洲電臺專題指稱，帝吧中國網民「具有官方組織背景」，中國官媒「人民日報」則稱讚 2016 年網攻的帝吧是「90 後年輕人的國家使命感」，也有評論說帝吧事件本質是「共青團」向習近平示好。此外，原本 2016 年元月 24 日上海又有一個「帝吧出征」行動，但「中宣部」於 24 日當天緊急叫停（下圖為活動海報）。

學者李紅梅研究指，十餘年來帝吧形成組織動員能力，在總群下分六路縱隊，一路前鋒五路後援部隊，分別負責：情報工作為收集言論和圖片；宣傳和組織負責發文找人；武器裝備為製作圖片和言論；對外交流因應時差及外語翻譯；戰場清理例如去各網站專門舉報對方違法、及臉書按讚分享等。

「反臺獨，上街頭」的網路流傳海報。圖片來源：《自由時報》，2016 年 1 月 22 日。

像中國這樣的網路禁令國家竟可以大規模開放網軍翻牆，外界一直以為一定是以中國網民為主，但這次，法院認證，網軍版主根本就是臺灣人，這也證明現在亂臺攻臺已不必什麼代理人中國人外國人，全部臺灣人！所謂分工、分群、四處檢舉的，可能也是臺灣網路公司。「五毛黨」臺灣負責人是誰根本從網路 IP 就找得到的，他們的工作是散布謠言製造仇恨，分裂社會製造國家的不信任。

如果有所疑問，只要看一下臺灣人尹垣程以假帳號發布的訊息，就知道這一切有多下流了！「蔡總統疑似感染武漢肺炎，

已送治，因有孕在身目前情況危急，難逃脫流產命運」，「叔叔是民進黨議員，我偷看到他和高嘉瑜視頻聊天時提到武漢肺炎，說現在臺灣已經超過 817 例了，死亡 500 了，但是蔡政府不敢公布」，「我家住大安區復興南路二段 OO 巷 OO 號三樓，我家隔壁的一家人感染武漢肺炎全家都死了」，「大家看臺灣這口罩越來越薄，只有三種可能：1. 政府故意賣偷工減料的劣質產品。2. 臺灣島上製作口罩所需的原料庫存已經越來越少，只能偷工減料。3. 這是臺灣的新科技，臺灣南波萬。」，「剛剛收到秘密情報，這次的病毒擴散事實上是某家公司外洩的，不能多說了，我要被滅口了」，「昨天我看了幾篇新聞，臺媒把各種帽子扣在咱們身上，我深感痛心，……現在幾個網友以其人之道還治其人之身的時候，變成我們錯了？蒼天有眼啊！！你可以打我，我卻不能罵你？我們不是吃素更不是吃糖的！你給我一尺，我還你三丈！因為我們叫帝吧！」

花蓮地院判決書指出，在臺灣擔任「帝吧中央集團軍」、「帝吧根據地」等臉書社群管理員的花蓮縣男子尹垣程及其中國裔配偶劉慧以假帳號散布防疫不實資訊，2019 年 8 月赴中國江西接受網軍訓練，返臺在總統大選、疫情期間散布假訊息。花蓮地方法院依違反〈嚴重特殊傳染性肺炎防治條例〉把尹垣程判處三個月徒刑、偽造文書罪拘役 50 日；中配妻子劉慧則依偽造

文書罪判拘役 40 日，緩刑兩年，得易科罰金。

現在，我們繼續等待，等待知道誰是帝吧臺灣團隊？帝吧真正的主謀？金脈何來？共青團如何指揮？我們等待檢調司法有朝一日告訴我們真相。

第二章　已開打的混合戰

「只有自由而不受牽制的新聞，才能有效揭露政府之弊。」

——　美國大法官休戈 · 布萊克（Hugo Black）

一、網軍進攻中

前文提到資訊戰、超限戰、認知作戰，是利用民主國家的民主多元開放、不壓制任何意見的民主特色，威權國家積極地操控其媒介及社群軟體、及其他組織等各方式，進入民主開放的社會，混亂其認知體系，這是「認知作戰」的表現形式。資訊戰、超限戰、認知作戰的特性是：混淆戰爭跟和平的界線，以前人民認知的戰爭是船堅砲利，以為那才是作戰，但現在承平與戰時的分野已打破，戰爭與和平間的分界點已混淆。

例如此刻可能在媒介、輿論、經濟上如同戰時一樣極度競爭，但生活中，卻不讓人感受到像歷史曾有的「發動戰爭」、按鈕啟動戰事般的狀況，這樣也稱為混合戰。[1] 就好像俄羅斯在拉脫維亞境內的行徑一般，大量製造不同的新聞媒介以施行這類奪取人心的混合戰模式。利用不同媒介的目的，就是為了要在拉脫維亞的俄羅斯族裔裡面埋下不滿因子，讓更多拉國人自覺是俄國人，這就是混合戰、資訊戰、認知作戰。[2]

不只是俄羅斯與中國用假訊息形成訊息戰，資訊戰的作戰形態在全球不斷發生，此種作戰方法已不只理論或試驗，現實生活早已上演為成熟的攻擊模式。歐美國家曾討論網軍小鎮北

入侵編輯臺

馬其頓的 Veles，這個小鎮因
為美國 2016 年總統大選時遠
方遙控美國選戰成敗，寫下誇
張與荒謬的一章選舉史。這些
可能由俄羅斯國家網軍發包或
美方其他選戰媒體公關公司的
委託培訓，Veles 鎮因為是使

北馬其頓 Veles 的位置。

用英文的城市，進而成為網軍公司下游端，網路上找到有點閱
率的新聞或訊息素材即隨便亂改寫，只求點閱率，年輕網軍從
月薪不到臺幣兩萬元轉變成戴名錶開超跑。更糟的是，其他國
家竟學習複製「Veles 模式」，紛紛經營「網軍生意」建立影響
他國意見輿論的「境外勢力」。像北馬其頓一般的「內容農場」、
「抄新聞網站」、「訊息工廠」等在各國林立，如同訊息代工
廠般大量複製、生產及快速投放各式拼貼、不求真只求點閱的
訊息，在美國等民主國家的境內，也有政壇或媒介等代理人相
互配合，一方下單，一方則大量生產委託方所需求的內容，其
中很多是假訊息。

"

1　參見吳尚軒，〈政府打假新聞真有效？學者舉俄羅斯「資訊戰」為例：假新聞就是希望你
打 它 〉，《 風 傳 媒 》，https://www.storm.mg/article/1205070?srcid=73746f726d2e6d67
5f393637623963656530613231306630666_1563105128。

2　參見吳挺，〈俄羅斯打響信息戰？北約急商備戰普京式「混合戰爭」〉，《澎湃新聞》，http://www.
thepaper.cn/baidu.jsp?contid=1312948。

網軍生意透過新科技程式,以及社群平臺精準演算法,以商業計算模式推算散布訊息的最大效果。例如,澳洲媒體發現數個臉書粉絲專頁不斷散發排外、國族主義並以此攻擊難民、移民、穆斯林等族群。經過追蹤調查發現訊息發布者的資料源頭很可能就來自科索沃、阿爾巴尼亞、北馬其頓等地,當地一天工資大約臺幣三百元左右,一個有十餘萬粉絲的粉專網頁管理者,每天收入達新臺幣兩萬餘元,比其他工作的月薪還要高,網軍成為大家搶進的生意。

　　類似上述資訊戰攻擊的「Veles 模式」,伴隨全球化、網路普及變成政治宣傳模式,他們在社群網站發出一則又一則訊息,不只分裂別的國家,而且透過炸彈式言論努力洗腦。

　　在網路上跨國創造聲量的戰法不新鮮也易複製,已成為威權國家最擅用的武器。除俄羅斯和中國,臉書也發現來自伊朗的操作,有近三百個的帳號會在中東地區散布來自伊朗官方的訊息,包括經由臉書及 Instagram 等社群網路平臺,觸及量已經達到數以百萬計人次。從以上案例可以知道,跨國的社群資訊影響力會成為威權政府影響民主國家的傳播手段。[3]

　　臺灣從政府到民間不斷有學者呼籲,中國正透過媒體的路徑來施加其影響力,藉由臺灣的民主制度打造摧毀民主的武器。英國《金融時報》指稱,「中國企圖影響大選,以使結果有利

　　　　　　　　　　　　　　　　　　　　　入侵編輯臺

於北京，這與俄羅斯在克里米亞和美國大選中利用網路工具，將結果導向有利於克里姆林宮的作法幾乎沒有兩樣。」不僅如此，國安單位也擔心中國已建立所謂的「巨魔工廠」，經由培養御用的自媒體，在微博、臉書等社群網路平臺，對臺灣開展「認知空間作戰」，以做為擊垮民主體制的病毒。因此，如何維護言論自由的憲法權利，並且有效對抗假訊息，已經變成民主社會要鞏固民主避免威權的重要挑戰。[4]

這種超限戰、混合戰、資訊戰、認知作戰，必須具備的要素為何？如何更具體、精確察覺呢？學者沈伯洋指出有三項必備要素：分別要有行銷運作的公關公司、要擁有社群軟體才能成其工具，此外，還要有製造假訊息的「邪惡動機」，這三者都是構成認知作戰的要素。沈伯洋以犯罪學觀點指出，臺灣、加拿大、澳洲、美國等等不同洲不同國家，竟同時都成為資訊戰的目標。例如，被稱為「美國的 PTT」的 Reddit 出現後，只要出現批判中國訊息，下方就會出現大量洗版反駁言論，閱聽

66

3　以上討論參見劉致昕，〈深入全球假新聞之都，看「境外網軍」是如何煉成的？〉，《報導者》，https://www.twreporter.org/a/cyberwarfare-units-disinformation-fake-news-north-macedonia。

4　參見乾隆來，〈不是臺灣獨有 大選假新聞成全球流行病〉，《今周刊》，1142 期，https://www.businesstoday.com.tw/article/category/80398/post/201811070021/%E4%B8%8D%E6%98%AF%E5%8F%B0%E7%81%A3%E7%8D%A8%E6%9C%89%20%20%E5%A4%A7%E9%81%B8%E5%81%87%E6%96%B0%E8%81%9E%E6%88%90%E5%85%A8%E7%90%83%E6%B5%81%E8%A1%8C%E7%97%85。

人不自覺會接觸到大量有利中國的訊息，他研判下方這些留言都是中方的「網軍」。在美國言論版上看來是中國公眾外交行為，為了讓中國有好故事好形象好說法，但是，在臺灣的媒介訊息來說，則可能是帶有中國統一臺灣的指標方向。

俄羅斯是最早以資訊戰形式，有系統介入他國民主選舉的案例，俄羅斯不只成功影響波羅的海三小國，並持續影響俄語人口也很多的烏克蘭。資訊戰、超限戰就是不出一兵一卒，不必槍砲彈藥攻占他國領土，多半透過非軍事力量影響他國。軍力只是輔助或恫嚇，重點是透過網路認知作戰，達到一定成果後再出兵，認知作戰只要成功即可瓦解對方心防，不費一兵一卒贏得戰事。[5]

從另一個角度解釋，資訊戰是透過各種方式改變目標受眾的「認知」。認知是心理學名詞，指主觀心態上對事物認識的過程。美國國防部曾有《聯合資訊作戰》，2006 年時美軍把認知領域、物理領域、資訊領域列為資訊作戰三重空間。其中，認知空間是指人類認知活動的範圍，反映出個人情感與意念，也傳達出個人的價值觀和個人信仰，也就是所謂的「三觀」：世界觀、人生觀與價值觀。

美國蘭德智庫（RAND Corporation）分析「認知空間作戰」的特色，如下：（一）產生大量的各種訊息、（二）不只

一個管道，是透過多元不同的管道、（三）快速且重複不斷來襲的訊息、（四）內容相當真切，包裝非常細心，與（五）不易分辨真假，來來去去易混淆。前述五項特色之外，這些大量的訊息常透過該民族地方語言，以臉書等媒介，其中有一些以仇恨及族群心靈資訊為武器，一路滲透升斗小民及國家菁英領導者，甚至打動族群情感。因為這是一整套系統的模式，最後從操控人心達到操控群眾，促使該國群眾放棄原本的認知，[6]轉而接受「認知空間作戰」發起所投射的意識形態及內容，無孔不入。

不僅藉由一些研究報告，甚至在中國社會輿論可以看到完整說明，以控制認知影響認知，接著主導社會大眾的情感與意識，進一步改變國家價值觀甚至歷史信仰，最後讓人民放棄原本認知。此外，如果對方是以侵略國家為方向，那麼，認知空間由個體到全社會，個人的認知疊合成群體，作戰對象是人，戰場是整個社會。這些內容都早已明確指出何謂認知作戰，並將之視為未來作戰的重要環節。[7]

❝

5　參見廖昱涵，〈犯罪學者沈伯洋警告：中國啟動資訊戰，不用出兵就能併吞臺灣！〉，《沃草：國會無雙》，https://musou.watchout.tw/read/ZA1PItoONEl4elSJbSWi。

6　以上討論參見歐芯萌，〈旅日作家怒批「親中媒體」超譯菅義偉發言！ 判讀「認知空間作戰」滲透日常〉，《放言》，https://www.fountmedia.io/article/110138。

7　參見〈制腦作戰：未來戰爭競爭新模式〉，《新華網》，http://big5.xinhuanet.com/gate/big5/www.xinhuanet.com/mil/2017-10/17/c_129721348.htm。

由於認知作戰環繞著認知空間來進行，如果要給出較精準的定義，可說是「訊息戰爭」。作戰者的意識由感知、理解、信念等組成無形的軍事力量，上述的軍事力量會表現在：（一）作戰者的能力、（二）戰爭隊伍的團結情況、（三）作戰者的經驗、（四）征戰時的感知情況，以及（五）社會上的多數媒介與論述等幾個方面。

　　另一方面，認知作戰的對象是「人」，試圖影響的是腦內的思維和精神。中共「認知作戰」目標是讓對方沒有辦法保持思維的穩定性，藉此削弱其對中國的敵對性，或者是使其判斷錯誤，以利中國達成戰略目標。形式則包括政治、信仰打擊、精神沮喪、心理瓦解、文化滲透等手段。

　　中共對臺認知作戰目標如下：（一）在政治上壓縮我方國際活動空間；迫使政府上談判桌，加快統一進程；（二）在經濟方面，贏得企業界好感獲取支持和平統一，給臺灣企業「準國民」待遇；（三）在軍事上，縮小活動空間，不斷在防空識別區來去，結合統戰朝「一國兩制」前進。過去中共強調單線作戰，現在從「大外宣」公眾外交展開形象宣傳，影響傾中閱聽人的認知，從上述涵化理論也證明，愈傾中者愈容易收看接收傾中想法，影響程度愈深，例如灌輸中國國力強大文化悠久，再透過境外 IP，結合臺商或地下地上的金流管道，以虛擬與實體的斷點無法追蹤，並擴大社會不同群體的分歧矛盾。認知對

　　　　　　　　　　　　　　　　　　　　入侵編輯臺

象是透過整個社會，而不只是少數重點對象。

中共也利用我方退將的言論來打擊我國軍形象，達到分化的認知作戰，還有，愈來愈多閱聽人透過 Line 等社群軟體接收一些「內容農場」產製傳來的假訊息，擴大民眾對軍公教與政府間的嫌隙，也因此，確保人民能按照自由心智思考判斷已成為對抗認知作戰的反制利器。[8]

至於此種作戰的實際操作方式，從現有的研究中可見，中國將其影響力延伸到臺灣境內的主要方式，是藉由在臺灣的媒體資方、媒體工作者，再到閱聽人的步驟，進一步達到影響人民對事件的認知及態度。相關的路徑可以「鑽石模型理論」來詮釋，可以看到這種認知作戰分成四個方向層次來分析，分別是：發動者、基礎設施、技術能力，以及受害者，至於發動者則包括國家與公司，透過政治經濟的力量，以基礎設施及技術能力展開攻擊。

由此延伸，中國運用認知作戰為威權擴散的途徑，其發動面向涵蓋社會、政治與科技，行動者包括許多領域，依據其互

8　此處討論可參見張玲玲，〈中國對臺「認知空間作戰」〉，《自由時報》，https://talk.ltn.com.tw/article/paper/1288955；龍率真，〈看清中共「認知空間作戰」統戰伎倆〉，《青年日報》，https://www.ydn.com.tw/news/newsInsidePage?chapterID=1202569&type=%E8%AB%96%E5%A3%87。

動關係，即「資本擁有者」及「資本追求者」之間的互動，據此來釐清他們和地方協力者、代理人之間的互動關係。而擴大散布訊息的還有網站與粉專，有媒體、網紅也有受過訓練的移民，甚至是終端的受害者也被利用。發動者與受害者都有所謂的社會上或政治上的關係，在技術能力與基礎設施上則相當程度依賴科技進行。不僅理論上如此，實務上在臺灣也確實出現過可以相互印證的情況，以 2020 年的經驗，經過爬梳整理後發現，在中國內容農場的三百餘個臉書粉絲專頁中，根據所分享出來的 2,440 個網域，大約有 26 萬 7,818 個網址，都是來自中國的這類農場訊息，多數貼到泛藍相關的粉絲專頁上（沈伯洋，2021：37），以此試圖影響該年的選舉結果。

入侵編輯臺

二、YOU ARE WHAT YOU SEE

　　如果說威權侵蝕或滲透所運用的手段及策略被歸屬於認知作戰，那麼此種手法為何有效？其背後原理為何？我認為，這可以回到新聞學領域中的理論獲得答案，也就是「媒介」如何影響或是建構人們對事物的認知。

　　首先，媒介影響人們認知的這個世界，究竟什麼是我們認識的這個社會，George Gerbner 曾提出涵化理論（Cultivation theory）指出，電視節目是人們社會化過程的一環，節目內容足以建構閱聽眾所認知的真實世界，進一步影響人們的認知、態度和價值觀。涵化理論中，看電視這個媒介行為讓人們社會化過程，電視符碼主宰閱聽人的「符號環境」，電視為閱聽人提供一套隱藏課程（Hidden Curriculum），影響閱聽人的文化環境，讓閱聽人的認知接近電視提供的內容，在潛移默化之中使受眾接受並固化電視提供的世界觀及價值觀（梁美珊、莊迪澎，2013：128）。若將該觀點應用於本書中的脈絡，即討論媒介是否會受到威權國家的影響，使得有的閱聽人相信媒介呈現的真實，甚至勝過親身的真實經驗，透過電視節目產製重複的題材訊息，電視對閱聽人呈現雷同相似的符號，使得閱聽人

在解碼過程接收重製傳播，逐步趨向於電視設定的價值觀及思考方向。

也因為不只一個節目呈現相同觀點，閱聽人一直接收類似的訊號後，慢慢地，媒介的內容就會成為觀眾建構的那一個世界，電視內容涵化了閱聽人認知的一切。雖然初期涵化效果多數是談電視暴力，看電視愈久的人愈易認知社會的高犯罪率。但，學者 Hirsch 等批評收視造成的涵化效果有限，Gerbner 等再提出主流效果及回響效果。

主流效果研究認為社會應呈現多元價值，卻因為看電視而變得跟主流意見相似，而且當電視世界呈現與個人經驗接近時，涵化效果愈有效而產生「回響」效果。涵化效果肯定觀眾有主動選擇節目內容權，閱聽人接觸訊息時可以說是一種「選擇性暴露」，這會和當事人的學歷經歷人生經驗有關。

這樣的選擇性接觸及選擇性認知也都會一一影響媒介影響力，閱聽人接觸哪一種媒介當事者的態度都有關。例如，政治立場愈傾獨的愈會看傾獨的政論節目，傾統者愈傾向會看傾統一的節目，因此「涵化理論」又是「文化指標研究」（culture indicators approach），在網路社會，大眾媒介變成分眾媒介，大家快速區分後也就有了全新的更分眾的符號與環境。

綜上所述，閱聽人找到的訊息，也和自己的態度有關，閱

聽人是有「選擇性的認知」，所以當然也有「選擇性記憶」。涵化效果在 1986 年後分為兩種，第一層次是指電視節目影響觀眾對真實世界的認知及結論；第二層次則強調，認知進一步會影響閱聽眾的想法（Gerbner, Gross, Morgan and Signorielli, 1986; Hawkins and Pingree, 1990）。例如有研究調查美國威斯康辛州選民，發現年紀大的較常接觸報紙與電視，但較不看政論節目；當地的談話節目較觸及低教育程度選民，多看政論節目的較支持當時的美國總統候選人裴洛及布希，研究也發現，當時的政論節目對裴洛更友善（Jow, 1993）。

　　我在研究過程中引用涵化理論，認為閱聽人在接觸已受到影響的媒介之後，可能產生不同的認知，尤其媒介內容與本身態度接近時，更容易受涵化效果影響。

　　媒介天天批判臺灣的執政者，或者批判隔鄰的中國政權，不管原因是為了收視率或是為了廣告及金錢等，這樣的媒介內容是再現真實？或是再建構？媒介一旦呈現二元對立、藍綠對抗或國族認同對立，是真實或再建構？有學者表示媒體再現可以從兩方向分析：一是再現如同刻板印象，相當程度反映本質主義（essentialist）的觀點；二是再現是另一種「文化建構」，也就是反本質主義者（anti-essentialist）對再現的想法，「再現」（representation）意指「再一次的呈現」，傳遞原始東西及還原，勢必會去修改原始情境。所謂「重現真實」畢竟是

把不同符號重組，把分散的元素重聚，這個過程就是重新「建構」，再現也就有了意識形態的意義，學者認為，不可能有「再現」可以聲稱是「真實」，因為已經被重新組裝過了（Grossberg et. al, 1998）。

媒介真實其實是一連串新聞框架選擇、重組機制所產生的結果，因為大眾傳播不論使用文字、或影像，都有重組的歷程，新聞報導的真實不再只是對於自然現象或社會事件的單純描述而已，而是對於「構成新聞報導諸因素」的選擇。

由此來看媒介內容的選擇，看似實際的媒體其實無法直接反映世界，永遠是一種建構與再現。

有研究認為，人們對世界的瞭解大部分來自非直接的經驗，而且總是把這些非直接經驗當作是真實本身，這些經驗形成人們腦海中的圖像，進而影響人們對世界的認知，這就是日常生活中大眾傳媒對人們的中介性影響，也就是一種媒介再現對真實認知的影響。閱聽人對社會真實、媒介真實產生認知後，進一步會出現個人的「主觀認知」，主觀認知即主觀真實，有可能來自媒體印象，但也可能源自於個人親身經驗、或親朋好友的交往言談等（鍾蔚文，1999）。

有另外一種詮釋，媒體介於人與真實之間已不再只是隱喻，而是媒體已成為人的「窗口」、媒體成為世界大事的鏡子、扮

演守門人與過濾者角色，更是閱聽人的路標，是呈現資訊與觀念的論壇，也可能是阻斷真實的障礙屏風（McQuail, 1996）。

媒體再現除了在「客觀呈現」影響「民意真實」，也經常結合政治與語藝的運作來建構民意真實。人民透過民代監督政府時，常會對民代有所質疑，但卻習於對媒介再現過程隱而不見，較難察覺。J. Habermas 與 T. Burger（1989）指出，誰擁有了媒體再現的可見度，即擁有了民意的權威。G. Mazzoleni 與 W. Schulz（1999）亦認為，媒介中介不只是純然的中介（mediation），而是中介化（mediatization），也就是在過程中加入操控的意涵，因此媒體再現時除了具有中介性質，也經常沾染「操縱」的特質。

更進一步還有所謂的霸權論，認為透過媒體所塑造的刻板印象是霸權行使過程，霸權指控制階層不經由知識道德，就直接改變社會。霸權理論指出，統治階層為爭奪文化論述權介入群體，改變其利益結構。統治階層收編對立群體以維繫霸權，其權力不是階級架構造成的，是在意識型態鬥爭中鬥贏得來的（Bennet, 1998）。

為了贏得與確保統治階層的意識型態，媒體再現扮演非常重要的核心角色。「主流媒體」會傾向服務統治階層的利益，而以刻板印象再現的方式刻意地忽略、扭曲或壓迫被統治階層。

換句話說，某個族群被刻板印象偏見化，正是因為對立方面的團體所描述攻擊而成，刻板印象是被用來標記那些被敵對者，至於誰屬於對方？或誰根本不屬於這個社會，決定的因素是來自於誰能夠拿到權力，有權力的人就是可以操控對手形象的人，無權力便是局外人。

　　媒介既然不可避免「再現」、「建構」真實，那麼，本書將討論媒介受到不同政權影響時，是不是重新建構出一個不同的趨勢與真實？

　　S. Hall 曾指出，「認同」是一個不斷變動的過程，是使用背景、歷史、語言及文化資源以變成（becoming）的過程，Hall 認為，這不算是（being）（Hall, 1996a）。 認同指的是召喚特殊論述中的社會主體，行動者（agent）被產製成為主體的過程。當然，「認同」也是一個雙向影響的過程，行動者被召喚也實際涉入此一行動位置。 Hall 強調，認同也是一種「有效接合」的過程，是一種構連（articulation）（Hall, 1996a），因為臺灣人在歷史上一直有不同的政治認同與族群認同，Hall 的理論中認為類似這樣「構連」是有其政治效力的（Hall, 1996b）。

　　根據 Hall 的媒介文化模型，這個概念的表現是從媒體接收者的經驗，再倒推回去其源頭，整個概念的編號和箭頭所呈現

　　　　　　　　　　　　　　　　　　　　　　　入侵編輯臺

的媒體傳播順序是相反的。九是 CO-Authorship 合著作者、八為後現代主義、七為歷史／倫理；六為性別／種族／階級；五為產製過程透過「製碼」；四為產生文本；三為接收者透過「解碼」產生意義，二為儀式性參與，最後是形成一的認同。

但 Hall 的探討是從「認同」回溯，等於是從媒體接收者的經驗倒回到產製過程。過去，傳統上是依時間順序的前面五項媒介文化的組成因素，將是製作、文本、接收、參與、產生認同的效果。例如製作音樂影片後，接下來在電視上呈現文本，我們觀看及解讀，我們藉由隨著音樂跳舞或記住歌曲或買影碟或以吉他彈奏旋律等等參與，因此就產生認同。但在此，Hall 不依照這個順序來討論，Hall 從文本的解碼開始，從我們看、我們聽、我們讀的文本解碼開始，再倒著回到文本製碼的過程，瞭解文本製碼的過程究竟是由創意團隊或商業團隊所為。

接下來四個概念，有關於性別／種族／階級、歷史／倫理、後現代主義、及 CO-Authorship，在各個傳播階段都會影響製碼與解碼過程。造成媒體文化中的不公正、混亂、權力操作的主要原因，就是根植於性別／種族／階級、歷史／倫理、後現代主義、及 CO-Authorship 等概念問題。形塑的脈絡（前後關係）當中，包括流傳或繼承下來的體制，以及在產製關係上創造意義。在相關的程序、設備的技術架構下，更進一步地限制了創造這些意義的可能性。

Hall 採用了較複雜的文本解析模型，其中包括「編碼與解碼」（encoding and decoding），也可以用來說明產製出意義的編碼與解碼消費的意涵。以電視政論節目為例試說明之，政論節目經過一套編碼再現的剪輯過程，節目呈現在閱聽人前，閱聽人一邊看一邊罵的「解碼」過程，也就是文化產品生產與解讀過程，也就讓政論節目重生影響了閱聽人的認同與價值。

Hall 將包括了製碼與解碼的整個傳播過程都納入考量。雖然在製碼端的文本可能夾帶了特定框架，而在解碼端的閱聽人不見得會照單全收，但社會與文化因素影響文本被解讀的方式。Hall 主張，文本的意涵不是單獨存在於簡單的文本，是當閱聽人收看、回響、轉述，或給予意見建構時，產生的交換與解讀（簡妙如等譯，1999），如下圖 3-3：

圖 3-3　媒體文化模式

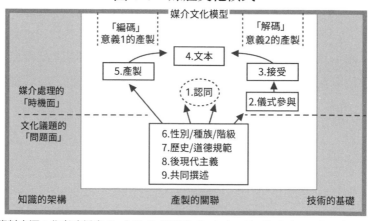

資料來源：作者改編自 Real, M. R. (1996), Exploring Media Culture, London: Sage.

　　　　　　　　　　　　入侵編輯臺

K. Woodward（1997）也談到認同，他認為必須建立符號關連到他者，再由社會區隔，這和建立符號的過程都是不同的「認同」過程。符號建立的過程，是傳播者感知社會的流程。但透過社會區隔，就有了差別區分（classification of difference），這樣的差別會在社會關係中更加明確。談到「認同」時，也要進一步解釋為什麼人們會這樣地「認同」，進一步地不只分析符號，還要連結解碼者與接收者的心理層次。而「符號建立」與「社會區隔」代表了兩種不同的認同作用。學者強調，解碼及認同的過程，更是一種區別分類的過程。

A. Gramasci（1971）則非常注重歷史特殊性，國家特性，和地區不均衡發展時，使用霸權（hegemony）的概念旨在強調非化約主義的分析，提醒我們不同的生產模式可以結合在同一個社會形構中。Gramasci 強調霸權為過程而非結構。在義大利意圖促成工人意識覺醒對抗法西斯政權的歷史脈絡中，Gramasci 特別注意階級主體（class subject）的非同質性。以階級為主的分析，通常認為工人階級或農民，他們來自資本家的剝削相同，因此，這些「階級主體」的經濟、政治和意識型態都是相同的。Gramasci 分析認為，階級主體的形成是高度情境性的，不同的「瞬間」、過程都會造成不同的結果。

結合 Hall 的看法，這一類的認同概念是來自啟蒙運動中笛卡爾式的主體架構，其認同是固定與穩定的，但是這樣的穩定

固著的認同概念在經過幾百年後也逐漸衰微產生「認同危機」。

　　Hall 指出，認同的構成要靠「排除」，也就是一種「他者」的建構。一個社會出現他者，我們才知道自己的位置及屬於哪些群體，「我是誰」是由「我不是誰」來重新解釋定義的（Hall, 1991、1996a）。例如，男人之所以是男人的意義，其實是包含了男人「不是女人」的意義。因此 Hall 主張用「認同作用」來代替傳統所謂的「認同」，其意味著過程、多元與建構，是充滿著流動性與複合性的（Hall, 1991;1996）。在這樣的認同之中，再現是透過運作所產生的認同（Grossberg, 1996）。進一步來看，認同的問題也必須將其置於如下的「文化循環」中來理解（Hall and Gay, 1997），如下圖 3-4：

圖 3-4　文化循環

資料來源：Hall, Stuart and Gay, Paul du (eds.) (1997), Questions of Cultural Identity, London: Sage.

入侵編輯臺

Hall 等人主張，為了要理解文本就一定要分析再現、認同、生產、消費與規範的過程，在文化循環中，上述圖中的任何一個點都可以成為起點，文化循環中的每個時刻無可避免地會與其他有所連結，但又是分別獨立的概念，且能每一個點進行單獨的分析。例如，「認同」是有關人們使用文化產品的意義，而這些文化產品係透過在現、生產及消費的接合，而影響到了社會生活（Hall and Gay, 1997）。

在文化循環中，文化是「共享的意義」，語言則是做為意義生產與交換的優先媒介，意義僅能透過語言的共同使用而共享。但是語言如何建構意義？Hall 指出，這是因為語言是個「再現的系統」。語言是媒體的一種，透過語言的再現而賦予了事物意義（Hall, 1997：1），意義就是那些給人們認同感的事物，藉此人們知道他是誰及他何所屬。意義是不斷在日常社會互動中被生產與交換的，其以不同的媒體生產，尤其是當代的大眾媒體、全球傳播與複雜科技等（Hall, 1997）。

三、定義「新聞自由」

歐洲啟蒙運動「天賦人權」學說流行的那時，1644 年英國思想家米爾頓（John Milton）向國會提出「新聞自由請願書」，他主張：每個人民都有權利去自由辯論、自由說明、自由獲知訊息。洛克（John Locke）認為政府的統治是根據人民意志，人民有了言論自由人民才會自由表達意志，這樣的自由是政府不可以干預的。而美國第三任總統傑佛遜（Thomas Jefferson）則是第一位主張新聞自由的總統，他說：「自由權利的保證來自於新聞自由，不能給予任何的限制。」有新聞自由的地方人們才能閱讀報紙，社會才會安全。

《維吉尼亞權利法案》（Virginia Declaration of Rights）於 1766 年載明：「新聞自由是一切政治自由的基石，連民主政權都不被允許去干預的自由。」美國憲法的第一修正案也因此規定：國會永遠不許制定妨害新聞自由和言論自由的法律。不過，其實新

起草《維吉尼亞權利法案》的 George Mason。圖片來源：維基公有領域。

入侵編輯臺

聞自由至今可能仍沒有一個明確、公認的定義，但參照 1948 年於日內瓦所提出的《國際新聞自由公約草案》中，曾提過：

> 締約國人民有在國內依法以各種方式發表或接收新聞和意見的自由、有不受國境限制以合法工具收聽或傳遞新聞和意見的自由、有與其他締約國人民同等接受新聞的自由、互相採訪新聞並傳遞公眾的自由。締約國不得利用某些藉口阻止他國新聞工作者進入該國境內工作，並有責任鼓勵官方新聞機構獨立報導事實（季燕京，1998）。

新聞自由所關切的主體，大多仍是指個人的權利保障，而非針對媒體領域設定特殊性的權力。這與聯合國「國際傳播問題研究委員會」1980 年提出《多種聲音，一個世界》（Many voices, one world）該報告內容不謀而合，當中強調公民有權傳播（right to communicate），意指每位擁有完整公民權的公民即應有獲得新聞與傳遞新聞的權利，至於新聞工作者，則是應享有便於進行新聞工作的基本條件（United Nations, 1980）。

如上所述的「新聞自由」都被認為是民主社會的重要元素，也就是所謂的在行政司法立法之外，監督政府的「第四權」的重大身分。1946 年新聞自由一度是聯合國議程，大家想討論明確的定義。1948 年日內瓦有三個《國際新聞自由公約草案》（Draft

Convention of. International Free Press），涉及新聞自由定義的是《新聞自由公約草案》。人民在國內可以用各種方式，有表達或接收新聞和意見的自由，還有互相採訪新聞傳遞給大眾的自由。聯合國成員不可以用藉口阻止他國新聞記者進入。

這樣的新聞自由強調的不是媒體特權，表達或接收新聞都是新聞自由，但法案受到共產國家反對。新聞自由是為了要對抗政府審查制度、對抗壓制不同意見者。新聞自由和言論自由都是意見自由，透過言論互相監督以建構真理愈辯愈明的社會。

新聞自由權通常也是指憲法或法律保障人民言論、及新聞出版界採訪、報導、出版、發行等的自由權利。上述是民主國家對「新聞自由」的定義，但，威權國家一般有全國性的宣傳機構，壓制記者以防止挑戰政權，甚至動用警察和軍隊干預新聞自由，明顯不同於聯合國世界人權宣言的「人人有權享有主張和發表意見的自由」。國際新聞學會所定義的新聞自由則是：自由接近新聞、自由傳播新聞、自由發行報紙、自由表示意見。本書引用學者所談的新聞自由提到「積極的新聞自由」和「消極的新聞自由」，「消極自由」指的是免於恐懼、免於飢餓脅迫等的自由，而積極自由是憑個人自由意志而可以實現的自由。

無國界記者組織明白指出，2021 年臺灣的世界新聞自由指數退步一名（42 → 43），是因為中國對新聞和訊息的控制，而

入侵編輯臺

且企圖將影響力拓展到海外，也進一步影響到臺灣政權為了因應假訊息及政治攻擊，反而影響了新聞界。

　　新聞自由的定義如果設定在國內對媒介工作者從事報導、傳遞訊息的開放程度，前言中曾提及無國界記者組織每年發布的世界新聞自由指數，筆者認為這是較具代表性的檢視方法。該指數的評分主要來自於以下六項指標，包括多元化（媒體中不同意見的表現程度）、媒體獨立性（媒體得以獨立免於受到政治、政府、商業與宗教等影響）、外在環境與自我審查（新聞與諮詢提供者的運營環境）、立法框架（與新聞及資訊活動相關的法律對其影響）、透明度（會對新聞與資訊生產具影響的機構與程序之運作透明程度）與基礎設施（為新聞與資訊生產提供支持的基礎設施品質）；此外，若發現對記者或媒體的施虐或暴力行為，亦會列入計算。根據前述指標項，所計算出來的最終得分愈低者，代表其新聞自由度愈高，並依其得分情況劃分為良好（白色）、尚可（黃色）、略有問題（橘色）、艱困（紅色）與非常嚴重（黑色）五個層次，表現在世界新聞自由地圖上。關於臺灣的歷年新聞自由表現，可參見下表 3-1：

表 3-1　臺灣歷年新聞自由指數

年度	得分	世界排名	狀態
2002	9.00	35	尚可
2003	12.00	61	尚可

2004	14.25	60	尚可
2005	12.25	51	尚可
2006	10.50	43	尚可
2007	10.00	32	尚可
2008	8.00	36	尚可
2009	15.08	59	尚可
2010	14.50	48	尚可
2012	13.00	45	尚可
2013	23.82	47	尚可
2014	23.82	50	尚可
2015	24.83	51	尚可
2016	24.37	51	尚可
2017	24.37	45	尚可
2018	23.36	42	尚可
2019	24.98	42	尚可
2020	23.76	43	尚可
2021	23.86	43	尚可
2022	74.08	38	尚可

資料來源：整理自 RSF 網站，https://rsf.org/en。

註：2011 年未發出報告，因此 2012 年度報告反映的是 2010 年 12 月 1 日至 2011 年 11 月 30 日的情況。

　　這些新聞自由的討論，每年度的問卷內容會依據情勢而略有不同，其得分所代表的意義也因此可能出現差異，換言之，就算同一國家不同年度的報告得分不同，也不能直接說其新聞自由出現明顯的進步／退步，是故該報告較適合做為同一年度不同國家之間的橫向比較。但根據上表，我們可以發現臺灣的新聞自由度在世界整體排名之中，近年並未出現明顯倒退，而是大致持平。

那麼，維護新聞自由是否亦伴隨著履行責任的義務（Lin and Lee, 2021），在民主政體的鞏固與深化上，維繫社會的新聞自由是不是民主要件？尤其當前世界兩大體制對抗，威權政體滲透民主是透過媒介而來時，如果新聞自由和國家安全、公眾利益有所衝突時，孰輕孰重？是否應為國家安全和集體利益來限制新聞自由？那麼，傳統概念下的「新聞自由」是否會受到傷害？在百思不得其解時，有幸獲得政大新研所林元輝教授指點迷津，他提出了大法官林子儀的著作強調，新聞自由並不是不受約束，尤其當國家安全與新聞自由牴觸時，新聞自由應站在大多數人的利益上面，而不是媒介個別特權。

大法官林子儀在其著作中指出，第四權理論所建構的新聞自由有幾點特性：

（一）新聞自由為一種制度性的基本權利，而非一種個人性的基本權利。

（二）享有新聞自由之權利主體為新聞媒體而非一般大眾。

（三）新聞自由是一重工具性的基本權利。

（四）新聞自由並非以保障或促進新聞媒體自身的利益為中心。

（五）新聞自由提供新聞媒體一些言論自由之外的「特別保障」，例如可以不洩露消息來源（林子儀，1999：81-85）。

從這幾點特性來看，新聞自由是政府應當保障的權利，其類型有三：

（一）為防禦性權利，保障新聞媒體的自主性，使其有不受到政府干預的權利，以發揮其監督政府的功能。

（二）是表意性權利，保障新聞媒體有自由傳達資訊或意見的權利，使其為了避免受到政府的事前審查，而發生寒蟬效應。

（三）外求性權利，是使新聞媒體較一般人民有機會接受消息來源，以取得相關資訊（林子儀，1999：100）。

追根究柢，新聞自由並非指完全不受約束，為了達成憲法保障新聞自由的目的，對政府有效監督，那麼，適度規範新聞自由是可接受的。筆者檢視林子儀談論新聞自由的管制目的及手段時，見其強調新聞媒體自主性，但絕非不可限制；又為了維護新聞媒體的自主性促進新聞媒體提供多元化的資訊，適度的政府管制是被允許的，政府應採取不涉及新聞媒體所報導或評論內容的結構性管制，並維持一個有競爭性的新聞媒體事業的自由市場為目標，以媒體間的自由競爭促進新聞媒體所提供訊息內容的多元性及質的提升（參考林子儀，1999）。

至於若新聞媒介遭滲透，甚至成為國與國攻擊戰爭時，具有敵意及報復性的威權國家攻擊工具時，第四權、無冕王、新聞自由是否需受限呢？這個問題的答案應當是肯定的。

例如在民主政治運作中，社會大眾對政策的反應取決於是否有足夠數量且清晰準確的信息，新聞自由有其意義，這與公民如何判斷其主權代理人所組成的政府，這個政府如何將意志展現於政府運作之中，也代表政府統治合法性的存續，因此提供「準確訊息、不受約束」的媒體，將在現代代議制民主中發揮關鍵作用（Hiaeshutter-Rice et al., 2021）。

民主國家中，對於新聞自由維護的立法行動才可以產生較高效益（相對於那些腐敗情況較明顯的威權政體來說）（Nam, 2012），在兩者（民主與新聞自由）間的相互作用、相輔相成之下，形成一種良性循環，新聞自由程度愈高愈有利於民主政體的穩定，民主政體的運作反過來又能強化新聞自由。[9]

值得臺灣新聞人深思的情況是：如果兩國是在交戰狀態下，「新聞自由」的運作情況應有不同！因為保障新聞自由目的是為了監督政府促成社會公益，而公益重要強度有比較餘地，如林子儀所分析，新聞自由為工具權利並不是終極價值。例如兩軍交戰，國家就必須採取特殊手段限制以保障國家安全，美國 2020 年 2 月宣布將五家中國媒體列為「外交機構」，必須比照大使館繳交資料，不再享有新聞自由，美國國務院根據「外國

"

9 反過來說，非民主政體的威權國家，對於新聞立法的目的可能就不是在維護其自由度，而是為了實現對其指導與監督，例如從一些中國學者的研究方向中可以發現這個傾向，認為要設計專門的法律來落實對新聞輿論的控制（參考 Zhang and Wang, 2019）。

代理人註冊法」，宣布以使館規格對待中國媒體。這是因為中國媒體有國家的龐大財務支援，新聞界且戲稱所有共產黨的媒體「都姓黨」，即全受國家及共產黨操控。

此外，根據北約協助波羅的海國家共同制定、因應網路資訊戰的《塔林手冊》，也規範當某國遭受他國資訊戰攻擊、或大量假訊息進入其媒介時，可以依戰時的規範來徵用器材，視同交戰狀態。

不僅如此，在針對全球新聞自由評量（無國界記者組織與自由之家所發布的報告）的比較研究，提到這兩者的結果有愈來愈高的相關性，而其中關鍵在於其調查判別標準與聯合國人類發展目標中人權保障的部分相似，亦即民主政體原本所追求的個人權利保障，在實務上即明確涵蓋了新聞自由的部分（參考 Martin et al., 2016）。

中華民國憲法第十一條：「人民有言論，講學，著作及出版之自由」。學者馮建三指出：「自由也好，權利也好，都是要由特定的人（或團體）或其代表做為行使的『主體』。與此同時，有『主』就有『客』……『他們』（指媒體與從業人員）也常因為從業人員素質或時常因為資源不足、惡質競爭……等等限制，遂爾無法滿足『我們』通過媒體的自由，得到合理的娛樂與豐富多元的資訊之需要。『我們』經由媒體而瞭解周遭、

趨吉避凶、與環境互動而生意義的權利，於是遭到限縮。」（馮建三，2005:82）

此外，民粹主義（populism）的出現始終是讓人感到兩難的一種情境，畢竟這意味著平民所擁護的政治或經濟理念等，乍看之下似乎符合人民主權的概念，但實質上卻很可能忽略要讓複雜公共事務得以順利運作所必需的一些原則，也違反間接民主。民粹主義統治即指具有魅力的領導人所領導的政府，他們是透過動員通常沒有其他政治依附的群眾選民，藉此來獲得和保持權力，因此控制媒體大眾宣傳管道就成為核心目標（Kenny, 2020）—— 也就是說，一旦新聞自由維護不足，就會促成民粹主義者的發揮，形成他們個人利益優先凌駕於國家的整體利益，逐漸侵蝕民主，甚至出現民主倒退或崩潰。

隨著科技的進步，數位工具影響到其監視或私人安全通信隱私保障等，也涉及新聞自由，研究發現，從事媒體相關工作的人員，對數位科技與個人隱私安全之間關係的瞭解程度會直接導致其行為的改變，唯有對技術與工具瞭解的記者才相對享有更高程度的新聞自由（Tsui and Lee, 2021）。如果新聞組織遭受威權滲透、進而控制，這會讓從業人員的公眾利益要求降低，如果媒介工作者無法堅守新聞倫理引發對民主社會的不信任，民主受傷的同時就算新聞記者仍保有工具特權，但這樣的新聞自由已不算自由，反而是對國家的傷害。

綜上所述，真正的新聞自由應有助於國家安全，而國家安全亦為保障新聞自由的基礎。目前民主國家設有防範國家機密外洩相關法規，這是因為新聞自由與國家安全法規之間一直有爭議，自由社會要求絕對的「知的權利」，以符合多元社會資訊流通。但在威權滲透之下，民主社會有關國家機密的認知時常出現衝突，國防外交政策報導更常涉及機密範疇。民主社會的新聞自由在「知的權利」要求下，也應保護民主社會及國家安全。

入侵編輯臺

　　本書所使用之訪談內容為 2020 年 1 月至 2021 年 6 月之間，完成對所有受訪者的訪談，擬定的訪談題綱與受訪者背景資料，請見下表：

訪談題綱

序號	題綱主旨	設計目的
1	中國國家主席胡錦濤從 2004 年宣布大外宣計畫，請問您在臺灣新聞界何時有感受到大外宣的來臺？是什麼情況？	探詢中國是否確實有對外（臺灣）從媒體領域進行威權滲透
2	您覺得中國對臺的威權滲透是採用哪些方式影響新聞界？	探詢中國進行威權滲透的可能路徑與方法
3	您覺得中國威權滲透會不會影響臺灣的新聞自由，為什麼？	探詢中國進行威權滲透下的臺灣表現與應對
4	您覺得臺灣的新聞自由能否抵抗威權滲透？	
5	請您說一下這些年來聽到的新聞界被滲透影響的實例？	
6	請您說一下新聞界被威權滲透的傳言？您覺得這個傳言的真實性多少？	
7	您覺得抵擋威權滲透新聞的力量是哪些？	

受訪者背景

編號	年齡	從業類別	從事職務
001	60	紙媒、網媒	主編、社長
002	75	紙媒	社長
003	73	廣播	主持人
004	57	紙媒、電視、雜誌	主編、社長
005	57	紙媒	社長、副社長
006	55	電視臺	主播、記者
007	57	紙媒、網媒	記者
008	40	電視（政論節目）	製作人
009	43	網媒、紙媒	主任
010	46	紙媒、電視	記者、主管
011	38	廣播	製作人
012	42	廣播	製作人
013	40	電視、廣播	製作人
014	55	網媒、紙媒	記者
015	43	網媒	負責人

入侵編輯臺

媒體人回答 ────────────────

001 號媒體人

答：

　　1979 年《告臺灣同胞書》之後中共就不斷告訴我們臺灣是中國的一部分，但爲什麼臺灣人民調中總有 63% 民眾認爲中共不會在六年內侵臺，因爲美國這兩年才在宣傳，但老共在 1979 年就提出了「和統」。中國講求的是戰爭的「正義性」，因此除非臺灣發展核武及法理臺獨，或外國勢力干涉時，自然有武統的可能。反之如何沒有這些要件其出兵則不符合事實。2019 年習近平提出一國兩制的臺灣方案的《告臺灣同胞書》時，或是 2003 年習近平提出對臺輿論戰時，當時早已注意到有這個輿論戰及大外宣情況，扁政府也早有關人士出書反擊，接著新聞界就從輿論戰進到了認知作戰。

　　在大外宣中，例如網路媒體「中評社」很早成立，早在九〇年代由汪道涵支持成立，背後就是中國的國安部。所以在新聞界，很早就體會到「透過輿論對臺攻勢」的情況，中共方面也不在乎你知道。此外，又例如像「X 傳媒」之類的媒體，就是由民間成立一個傳播科技公司，由這家傳播科技公司統籌成立十餘個網站，這些都是明著來的。

002 號媒體人

答：

　　共產黨很早就對臺大外宣。共產黨是最會做宣傳，例如當年新華社改版由胡喬木及陸定一主導，內部參考的消息也要分級嚴密，分得很清楚。很多文章常提到「我的層級只能看到什麼程度」，所以文革前共產黨在全世界形象很正面，宣傳方式是透過新華等書店在美國等大城市的左派書店，透過左派思想如劉大任等人去接觸的資料來理解，他們沒有學術文學，所有東西都是「爲宣傳服務」，一直改寫到符合黨的需要，全球要讀的《中國哲學史》都以馮友蘭這本爲主。1949 年後馮友蘭告知毛澤東說要在四年內重寫，要符合共產黨唯物理論的需要。以中國的唯物史觀來寫的，都是宣傳的書。例如費孝通後來不寫文章，我們在臺灣幸運的是1949 年前的學術性刊物都在臺出版（改名改題），但 1949 年後中國讀書界這些文章都沒有了。所有控制都非常嚴格。故保釣爲什麼發生，因爲宣傳都進入到劉大任的靈魂。例如毛澤東接受訪問就知道：要透過這些宣傳中國共產黨，這是最早的大外宣。利用中國外籍學者來替中共講話，左派挾主流風氣到處宣傳，例如1952 年胡適演講，講完中國問題後，胡適答提問說中國沒有比以前強大，代表 1949 年後在美國學術界也是左派得勢。我們這些研究中國的人到美國學校受美國排斥，費正清說胡適是中國的伏爾泰，左派聲音在美國學術界聲望高。例如〈江靑傳〉等文章都是虛構的，又如《延安錄》等書，所有數據顯示是假的，是由辦公室的人虛構的。這就是共產黨的大外宣，例如鄉土文學是工農兵文學。郭松棻等人百分百相信「新中國」，均是被中國宣傳所迷惑。

　　直到 1989 年六四之後中國形象垮了，所以這個階段的宣傳

從 2004 年開始「用錢買」。例如《蔣經國日記》提到吳國楨 1976 年寫信給長官要借十六萬美金解決一個麻煩，因為中方有人聯絡。蔣說他對此置之不理。而吳國楨的金錢問題在 1978 年回憶錄提及。由此可知，中共會用錢收買文宣新聞是必然的，也利用學者學術界來做宣傳。例如雷震書中提及，陳步雷把羅榮基的位置離蔣介石遠一點，因為羅榮基是最早的共產黨宣傳機器。例如陳映真做為百分百左派，在 1979 年幾乎已在臺灣以鄉土文學來，入島入戶入心。

天安門事件後大外宣開始用錢，例如江南 1980 年邀我赴中，言明全部的支出由老共出。但一直到胡錦濤時代他才決定拿錢出來宣傳，在這之前的大外宣根本不必花錢。又如 2000 年 XX 電視臺在 XX 電視臺的樓下，要求在臺採訪不准稱陳水扁總統，當時這些媒體沒有拿中國的錢才怪！

當時對臺宣傳有些靠的是民族主義，例如某報天天替中國說話，例如指中國是屋頂，臺灣是下面。有些則是用錢，這樣新聞界情況一直到蔡衍明在臺辦報，根本就是：「人民日報在臺灣」。例如某學者到北大，其薪水根本就是統戰部出的而不是北大出的經費。

---

003 號媒體人
答：
　　我當廣播人數十年來了，廣播領域過去以來一直是外省第二

代的天下，因爲中廣力量很大，中廣機器可以放到三十，但一般電臺只有十、八、五不等，各廣播電臺都不敵中廣。例如藝人黃安的爸爸以前是中廣新竹臺的臺長，又如臺北市長柯文哲的媽媽也是在新竹臺的。

而這樣的情況近年來有很明顯的改變，就是部分地方電臺由「統促黨」收買，買下了以前的地下電臺或地方電臺，從沒有牌照的買到有地方牌照。一般民營的小功率電臺不像是中廣公司，他們做不大以前只能賣藥，像很多老人家依賴電臺服務，從十九歲聽到五十餘歲，現在做不好也只能賣時段。像我所在的電臺從週日的時段開始賣出去兩個小時，就看到有統促黨的人來錄音，時常看到有男有女的來受訪，後來就看到統促黨的大頭「白狼」張安樂到電臺接受訪問。

---

004 號媒體人
答：

有明顯感受是在「三中議題」發生後，國民黨賣三中時，三中之後因爲有臺商勢力進來新聞界，明顯有一個親中力量的感覺。當時正好國民黨執政更感覺明顯。臺灣的媒體本來就在臺灣發展，本會以臺灣爲主體，覺得跟胡錦濤的大外宣當時並沒有明確連結。我當時在港澳媒體工作，因此首要就是要符合中國大陸法規，例如馬總統府的名稱必須要改爲「臺灣領導人馬英九辦公室」，國旗要抹掉。當時臺灣不會阻止港澳媒體採訪。早期中國對臺灣媒體的製作方式及內容有興趣，例如蔣家後代在臺的情況，蔣家對臺有何影響力都很受歡迎。當時也不必介入史觀問題，還可以

容許對臺灣不同學者意見，例如當時王丰在中國紅到不行。相對之下，此刻的中國大陸對於臺灣新聞已沒有興趣了。

005 號媒體人

答：

　　2014 年還是國民黨執政時代，但開始覺得大外宣有影響的明顯情況是民進黨執政以來，中國對臺影響強化，也花了很多錢。我自己從報社擔任 XXX 工作至今從未收到指令，他們會透過 XXX、XXX 等人來下達指令。大約在這兩三年，因爲中國臺灣經濟此消彼長，所以相對拉扯影響新聞的力量。

006 號媒體人

答：

　　媒體應該有受到中國很多方面的影響，好久以前我在政大附近的商店就發現，一直有人去把店家的電視調到中天電視臺，我想這十餘年中共力量已逐步入侵臺灣媒體，有沒有感覺到應該只是比例多寡問題。十多年來，媒體朋友陸續出現所謂的「兩岸交流」，一票朋友被挖角到某「周刊」，那一票媒體朋友相比之下原本就比較傾中，誰給的錢多就去交流，一點危機意識都沒有，也有可能有接受招待之後就會 PO 文。例如有一位陳 XX，當時媒體老闆還有特別交待「被招待的不能去」，結果他們不只接受招待還 PO 文，完全忘記了媒體老闆還提醒我們記者不能因爲小利小惠而去沾染有的沒有。既不設防也欠缺專業媒體義理，這就如同被收買。

007 號媒體人
答：

　　中國來的高官就是不找綠記者跑。

---

008 媒體人
答：

　　自從 2000 年阿扁當選總統就感受到了，央視的辦公室與 T 臺同一棟樓，新聞臺也做了一連串歌頌中國的專題與新聞性節目，當時就發現有形塑一種到中國發展勢不可擋的輿論。

---

009 號媒體人
答：

　　對臺的大外宣及滲透一直都存在，他們是透過收購媒體及收買特定媒體人，不只如此，而且對於意見領袖的收買、滲透、影響才更多。中國透過媒體及意見領袖的收買滲透，企圖進一步影響臺灣的選舉及政府政策。

---

010 號媒體人
答：

　　自從中天、中時等集團落入蔡旺旺伊時，就是大外宣驗收成果啟始日，旺旺集團的紙媒例如中時、旺報，早就被視為人民日報的臺灣版，蔡家似乎也未反對此說法。至於中天的言論取向，

早已向中國公開表態，旺旺媒體是從不掩飾的。再說 TVBS 落入
王雪紅之手，亦扮演中國大外宣角色，只是沒有明目張膽而已。

---

011 號媒體人

答：

　　從 2008 年北京奧運時，許多媒體報導煙火盛大成功，以及
後續運動員奪金與活動成功，這些相關報導都滿長的，彰顯中國
轉型成功，當時我覺得太過誇大了。2009 年之後，臺灣有大批
大陸電視劇在電視臺播映，尤其 2011 年後很多大型中國古裝劇，
當中如《甄嬛傳》、《步步驚心》、《羋月傳》等，都一再呈現中國泱
泱大國與進步形象。2013 年起湖南衛視掀起了「歌唱節目」風潮，
另外在 2018 年《你和我的傾城時光》中也有宣導「一帶一路偉大思
想」。這些大外宣的實例愈來愈多，影響也日漸增加。

---

012 號媒體人

答：

　　大約在小英執政後那幾年較明顯，近年來更明顯，早期的大
外宣沒有明顯感受，早期主要是看到各政黨操作議題，或從國際
角力而來。但這幾年比較明顯看到中國政權對臺的宣傳力道。

---

013 號媒體人

答：

習近平上任後明顯有感受得到，中國文宣要為黨宣傳是其既定政策，但中國夢、一帶一路等這些都是習近平之後明顯加大力道。感受最深就是在野黨、統促黨、民眾黨竟引用中國的大外宣資料，例如中國疫苗不論是否受 WHO 認證，馬上就有政黨接手相關議題，這些都是配合中國大外宣，由人在臺灣的「在地協力者」接手炒作議題，非常明顯。除了一帶一路的細節之外，最近的要打中國疫苗的主題更明顯。

---

014 號媒體人
答：

做為旅遊記者本來不覺得報社有受什麼影響，直到 2009 年才開始有感受。每年我都去參加中國的「魅力城市」採訪，這是每年安排一個中國二線或三線的小城市，例如去廣安、鄧小平故鄉、嶺昌等地，透過遊程安排報導進一步讓臺灣媒體瞭解中國。以前的採訪一般透過旅行同業公會或航空公司安排去「一般城市」，但成為中字輩集團的旅遊記者，被安排這種只針對中時中視中天記者可以去採訪的地方，此時才逐漸有感，知道對岸是刻意安排的宣傳報導活動。每年因此有很多經費給我所在的媒體，讓媒體派記者去採訪二線三線城市進一步報導。在地方時都是由統戰部官員陪同，雖然我是用旅遊名義進中國，但其實都是去採訪報導。例如《大陸尋奇》節目的後期也是跟我一樣透過「魅力城市」方案去採訪，採訪過程他們同時也希望我們的文字內容可以鼓勵臺商去這些小城市投資。這個方案也是從 2009 年之後才以此行銷，透過美食旅遊等細節的報導，以便讓臺灣人接受他們的文化看見他

們的好，那時開始有做大內宣的感覺。

---

015 號媒體人
答：

比較明顯感受到中國力量滲透進臺灣是在 2015 年時，因爲 2014 年前還沒有所謂的「網軍」，頂多是網路間政黨對批的藍綠攻防而已，但，2015 到 2016 年間，部分政治人物赴中參訪後聲勢大跌，當時就覺得網路上有人引清兵入關，之後果然特定政治人物的聲勢有一些起落的大變化。這時候開始有人系統性地去社群軟體針對特定人物灌流量或按讚，PPT 開始陸續出現中國語音及使用簡體字，後來才開始用跳板並轉用繁體字，這是一系列的改變，但，就是在 2015 年時明顯覺得網路產生了變化。

問題二、您覺得中國對臺的威權滲透是採用哪些方式影響新聞界？

媒體人回答 ──────────

001 號媒體人
答：

　　從他們給臺灣的媒體，雜誌、報紙、網路、網紅各種方式而來。甚至透過第三者臺商資金進來，提供給所需要的宣傳單位。很多啦。我們的反滲透法可能讓其中資金中斷，但兩岸的地下資金很難斷絕，例如兩岸資金七、八百億元，或旺旺中國的錢匯不進來。例如多維投資雙子星大樓也被卡住，也是因爲錢進不來。反過來說，以前錢進臺灣很多是採臺商的力量進來的。

002 號媒體人
答：

　　一是用錢，因爲電子媒體要去中國賺錢，要賣連續劇，從鄧麗君的歌進到中國，臺灣等電臺到中國去，結果卻導致在臺灣的節目受中國統戰部控制。例如中時的余老闆想去北京辦報，例如旺報等於跟中國一致口徑的媒體。第二力量是利用「意識型態」，例如聯合報是用外省第二代，是意識型態與中國契合。第三種力量就是政治力，有人想靠攏北京的政治力量，就例如選舉要用到錢因此遭到威權滲透。例如國民黨政治人物可能選舉需要資金，

又如黑道張安樂等也需要資金，是組織等的全面滲透。第四種力量是社會力，因為上述的滲透又進到宗教，又滲透進認祖歸宗。

---

003 號媒體人

答：

就剛才說的買小電臺的時段，只要聽久了，好些歐巴桑就開始覺得蔡英文及民進黨貪汙，電臺節目也一直批評同性戀，這樣的電臺情況尤其南部真的有受影響。雖然剛才說的電臺節目做沒有多久就停掉了，但我有注意到，這個過程中白狼就來電臺受訪過兩次。這些當然會有洗腦效果，尤其電臺節目主持人拿人家的錢不必賣藥做廣告，只要做中國的思想新聞，這樣一定會受到影響，現在甚至連歌曲都是播放中國的民謠了。

---

004 號媒體人

答：

例如當時的名嘴賴岳謙、張友驊很紅，中國大陸方面對軍事議題也有興趣，我們因此多做了一些交流來讓港澳媒體也有一些不一樣的改變。但，不同於臺灣的是中國的媒體一定要經過審查才能播出，「宣傳」在黨的工作內是重要的一環。中國媒體是為了政府宣傳而存在，他們新聞學的第一課「媒體是黨的宣傳工具」，這個背景跟臺灣是無冕王完全不同！他們更不用學西方新聞學的那一套。

我的長官是受共產黨這種宣傳教育出來，所以我成為港澳媒

體一員之後，我們一直在「磨合」，我們的媒體為了順利在大陸落地，自然而然不會去踩紅線，不會去提分裂媒體等事宜。例如臺灣有多少人說臺灣要獨立，這種新聞我們就會主動不去做，有些大陸不喜歡的內容事情，我們也主動就不會去採訪。例如香港的抗議事件，不只我們，香港記者也一樣，大家會自動遵循中央的政策，這就是中國控制我們這些港澳媒體的方式，對我們來說，要到大陸落地才有市場才有收入。

---

005 號媒體人
答：

　　他們直接買中時報系就不必用下廣告的方式了。因為，聯合報有一些不同的拉力與誘因，中共因此下功夫在旺旺，中時報系的「旺報」是從 2009 年就轉為側翼的角色，這些訊息都來自於受處理的當事人所告知。

　　因為不是媒體本業出身的人更容易被收買，旺旺集團的本業是食品，所以中時是當時蔡家出面來買，旺旺在中國圈地，省市優專提供廠房，這些就可以說是買媒體的「回本」。三年前，曾聽過旺旺自承「三中」一年賠掉十億。但蔡家看的是「綜合績效」，中共的政策優惠放送就是「綜合績效」的一環。

---

006 號媒體人
答：

　　有各種方式，有錢人買媒體股權、任用記者、收買記者都有，但其中尤以「無形的交待干預影響深遠」，例如這幾年我跟家人去

麗江大理旅行，但，在一些景點我就被點名，尤其是在地方的文化局景點，就會有人突然問 XXX 是哪一位，我就知道我是被點名做紀號的，我是被掌控的。

007 號媒體人
答：

以「中評社」這家網路媒體來看，臺灣媒體人於 2008 年出資一百萬元成立臺灣的「中評社股份有限公司」，是以網路公司登記，另外，由香港的郭偉峰社長（當年第一個來臺採訪的記者，在中國屬於開明派，以前是中新社記者，屬上海幫汪道涵系統），負責出資採買中評社的臺灣新聞。

這筆預算是由香港中評社老闆向中國的國營事業「首都鋼鐵」等外圍組織爭取到的預算，一名資深記者月薪大約臺幣八到十二萬元，媒體幹部薪資更高了。出資者不是直接從國家預算撥出，但，一兩年之後，又變由中國燃氣公司出資，出手大方，甚至招待出遊香港，公司招待食宿。

008 媒體人
答：

最明顯的是中資股權進駐電視臺，也開支票允許臺灣媒體集團到中國落地。當時臺劇大量賣給中國，以商控制新聞也是手段，而且，很明顯的，這些一方面把臺劇賣去中國的新聞頻道其新聞內容就會避開某些對中國不利或批判的字眼。

009 號媒體人
答：

　　直接買，給予紅色媒體及媒體人金援及補助。例如中國時報、聯合報，已被監察院證實曾違法收受來自中國官方機構的置入性行銷；與旺中集團同為旺旺集團子公司的中國旺旺也被調查揭露長年收受中國政府的高額補貼，旺旺中國 2007 至 2018 年財報顯示，旺旺中國近 11 年領取中國大陸政府補助金約新臺幣 152.6 億元；TVBS、旺中亦被研究指出曾被海外中資入股，或為親中臺商所收購。

---

010 號媒體人
答：

　　媒體經營困難，一些統媒報份那麼少，合理的懷疑，一定是獲得中國的資助。

---

011 號媒體人
答：

　　2008 年馬英九政府時代到 2016 年非常明顯，不管是 ECFA、開放陸客來臺或是宗教、教育等活動交流更甚以往，這是從各個管道鋪天蓋地滲透影響每個層面及新聞界。此外，中資及臺商透過投資，或者利誘威脅新聞界媒體，一直以來影響著臺灣閱聽眾。尤其是 2018 年起，幾乎所有的自助餐或學生餐廳都一致播放中天新聞臺，威權滲透甚濃。

---

012 號媒體人
答：

　　早期的主題是議題導向的新聞操作，滲透進各個新聞議題裡面，例如地震救災、疫苗防災議題，或美軍過境等。另外，選舉時更加明顯，藍軍候選人買廣告時的選擇性偏統派媒體，藍綠壁壘分明，這是臺灣媒體環境的特性使然。

---

013 號媒體人
答：

　　其一是過去常見手段，針對電視臺的經營權，透過其中國產業在臺經營媒體，且是從中國產業來補助讓對方有獲利。其二是用廣編業配下廣告，透過中國國營企業的費用。其三是針對個別媒體人，讓他們可以去中國參訪，或者讓他們所屬媒體來呈現對中國友好的訊息言論。其四，在網路上用水軍或公關公司或寫手，透過不停貼文在網路、推特等方式進一步影響臺灣輿論。更細的是第五種，其五是利用上述的貼文及新聞再形成分享文章、短語音訊息。前三者形成可以轉傳分享的文章或影音內容，再透過「在地協力者」或無能力分辨真假者來廣傳，以影響臺灣人想法。

---

014 號媒體人
答：

　　中國的相關政策一定會對旅遊界造成相當的影響，例如業界的報紙或旅行社業者，為了拿到中國的生意，旅行社就只好要求強迫配合，在媒體上也強制一定有相關的正向報導，甚至旅遊業

者自己經營的媒體等旅遊報導也都會配合作業，我認為這才是所謂的威權政權對臺灣業界的逐步滲透。

---

015 號媒體人
答：
　　我對新聞界實際操作不太瞭解，但這五六年來明顯的是在網路以不具名或操作大量社群，以這種方式影響新聞內容，固定的模式都是從社群軟體再擴散到大眾媒介，就是以「網路上的意見」、「網友說」的方式來做成新聞，進一步影響新聞界，也就是製造輿論風向再影響新聞報導。

入侵編輯臺

媒體人回答

001 號媒體人
答：

　　臺灣媒體的問題就是老闆是誰，言論就要向老闆靠攏。媒體
是意識形態的戰爭，很多言論跟著報社立場在走，記者及評論者
在臺灣都變成「工具人」。例如信傳媒（王鼎鈞不能接受老闆立場
又辭了）。例如記者評論者很難做自己，每個人都是為了生活成
為媒體工具人，大陸也是如此，當說「這一篇太敏感了無法刊登，
但我們會把稿費寄過去。」大陸及香港都是如此，臺灣，如中天
不聽話就被換掉了，NCC 主委說是華視就是華視。

　　所以，現在的媒體是資本主義工業化下的媒體，已經不是過
去的新聞自由，而是多元權利發展，已是多元中心。如福斯挺川
普就挺，臺灣因為害怕中共滲透，所以政府介入要掌控媒體，上
升到政府輿論戰的運用，接著上升到國家媒體的體制，這就是國
家機器與市民社會的拔河。

　　民主社會應該多元以媒體為中心，過去發訊息者是老闆，現
在發訊息者是國家機器，臺灣的新聞自由早就變了，不是因為威
權滲透，而是多元主義的媒體。

002 號媒體人

答：

　　沒有新聞自由的中國給臺灣媒體人錢及好處，對他們來說你就是他養的，你的新聞就姓：「黨」，只要問問蔡衍明爲什麼要高價買中國時報，當然是中國出的錢。臺灣的新聞自由是長期發展而來的，中國要收買媒體沒那麼簡單，只例如媒體如果與中國掛在一起就沒有人買，而自由時報吸收反共本土的閱聽人，這是立場上面的對決，雖然有可能是本土派會贏，但過程中是臺灣人閱聽人的立場，新聞界出現抵抗的力量，雙方出現不同論述。

　　中國大外宣基本上就是「理想性被看穿之後，再用錢來買」，威權滲透是全球均如此面對的問題，臺灣的新聞自由有受到了傷害，但，也因此出現了抵抗的論述。至於臺灣與中國哪一邊會贏，我認爲自由民主終究會贏，接著大外宣會再出更多錢，但臺灣人不一定會買帳。

---

003 號媒體人

答：

　　以前古早時候，朋友只聽中廣的李季準時間，還有秦偉、阿國、和婦女世界的李文。但現在，反而是放中國思想及中國歌了。中南部的廣播節目，尤其高雄的廣播電臺影響很大，南部電臺以前本土性格很深入，所以中共要侵入知道從這裡的本土派開始影響，例如警廣等都是外省人或二代在聽，要深入到臺灣的本土派，所以現在進一步地又從廟來滲透開始，從理事會影響，例如北港朝天宮錢進去之後就買得動。這些最本土的地方受影響之後，廟、

入侵編輯臺

農會、水利會，然後接著電臺，讓做廣播的人現在只要領薪水，不必辛苦賣藥。這樣當然會影響到臺灣的新聞界的想法。

以前的成本只要兩百萬元、一百多萬元就可以成立一個地下電臺。現在，中共一次給你兩百萬元，一個月賺的比較過去賣藥更多。例如南部的廣播電臺，租一間小房間，一臺發射機相當於一臺冷氣機的一倍大，就可以小功率發射。這些頻道太多根本不用錢買，地上的電臺要跟 NCC 申請，地下的根本不用管，現在還可以配合網路直播。

南部一些網紅是 AM 頻道很多人聽不到，網路又無法給年紀大的人看，AM 電臺的主持人直播我是臺灣第一個人開始直播，AM 電臺鐵塔很大，要花的錢比較多，發射器一臺就上億元到兩億元。所以中國現在買的多是地下電臺，多數在搶 FM 的頻道，有一臺發射器，一兩百萬就全部包了，連電腦都包了。每個月再給主持人幾十萬元，念念中國的新聞就好了，你說怎麼可能不影響到臺灣的廣播界？

---

004 號媒體人
答：

我們媒體如果被發現有談了敏感議題，會先被大陸「中宣部」監看的人來電，跟主管說。例如，曾有人買了三立霹靂火節目，在一次的對白中出現一句話，秦揚說「臺灣是一個民主的國家」沒被刪掉，正常情況下我們會刪掉其聲音及文字，但那次沒有刪掉因此被「嚴重警告」，如果再犯就可能被撤照，因此，後來就沒有

再買臺灣連續劇了。那一次，嚴重到被徹查買片的人是誰？審片的人是誰？

這樣的情況當然會影響我們這些在媒體裡面的工作人員，對於原本新聞自由的想法。例如東森當時採訪了法輪功也發了文，那一次，中宣部來徹查了所有記者，最後電視臺並交出了相關記者名單。因為，他們的腦子裡認為「內部一定有間諜」。

---

005 號媒體人
答：

他們不需要天天打電話指示就可以影響臺灣的新聞自由，因為只要對特定「比較有默契」的部分去做局部指示。三四年前，聽說國臺辦還會叩 XX 報編輯部去罵，這幾年，一是大環境上，臺灣內部有認知比較強的時候，影響才不會那麼大，否則，時常連純的「文化人」都會受到對方政權的影響。

---

006 號媒體人
答：

會。我所在的媒體是在兩岸三地都看得到的，例如抗戰英雄戴笠將軍的新聞做得很平實公道，可是，中共要求重剪成他是個爛人。受訪的臺灣忠義會大家都覺得戴笠是英雄，結果，新聞被審查剪輯之後，再被對岸的編審改了很多之後，電視臺原本中立的名聲也漸受影響。

入侵編輯臺

007 號媒體人

答：

　　在中評社撰寫民主過程或美麗島事件專題等，訪問許信良等都沒有更改。但是，也曾有幾次標題被下過頭了有被抗議，所以後來社方不會改我的新聞。相對於資深記者的堅持，有的年輕記者或跑他黨路線的記者就被下指令，並且被改稿。一旦屈服之後，記者慢慢就會自我設限，記者當然也知道長官喜歡什麼，就會朝長官喜歡的稿件方向前進，例如長官喜歡綠內鬥、藍綠內鬥的新聞，不愛臺灣的政策新聞。這就是影響新聞自由的一環。

---

008 媒體人

答：

　　會，資訊混淆導致新聞自主性受制高層的主觀（因為每一種說法都可以找到支持的論點）。電視臺有中資，自然某些內容就不可說，不能碰。

---

009 號媒體人

答：

　　當然會。紅色媒體支持特定政黨及政治人物，進一步影響了新聞報導走向。例如：臺灣媒體立場鮮明，在中國長期金援紅色媒體下，相關媒體以不牴觸中國為原則，甚至在兩岸議題上，淪為中共的發聲筒。臺灣的政治人物亦同，不少親中政治人物在中國大賺其錢，相關言論自然也不敢違逆中國。

---

010 號媒體人

答：

　　威權滲透多少影響臺灣的新聞自由，依媒體的認同臺灣程度而定。例如具臺灣主體意識的媒體，獲利仍佳，受中國影響程度較低；然一些統媒，早就遂行「新聞室的自我控制」了，當然新聞自主性早已自我閹割。

011 號媒體人

答：

　　我覺得會，因為中國對所有新聞訊息都有黨支部和黨投入的股份資金、黨員把持，對不合其意的新聞都不能露出，很多新聞媒體人員也可能隨時被消失，家人被軟禁威脅，這樣當然沒有新聞自由。這樣的影響也一步步進到臺灣很多媒體之中。

012 號媒體人

答：

　　當然會，媒體是商業走向，例如對岸人士來臺購買廣播節目時段，時段被買走後，議題及新聞就會偏向對方的想法。尤其電臺的受眾與一般網路或電視不同，廣播電臺很多主動閱聽人，聽上了就會跟著走，所以，買時段或影響節目的情況多少會影響到新聞自由。

013 號媒體人

答：

入侵編輯臺

臺灣新聞一向非常自由，所以在自由的風氣下，個別節目或媒體人可能會受中國政治所影響操控，相較之下，標榜民主選舉的臺灣，執政當局不太能像威權國家來管控新聞，所以新聞還是會自由多元的。

---

014 號媒體人
答：

　　被影響到的是媒體記者的價值觀，不一定會影響到新聞自由。我接觸到的安排採訪及美言多是透過「被收買」的方式 ，當你收到對方的金錢、招待、旅客收入等，就是被收買了，自然而然會偏那一方，我不知道是不是讓臺灣的新聞自由受挫，但可以確認確實是收買會影響媒介工作者及受傳播內容影響者的生活價值觀。

---

015 號媒體人
答：

　　我覺得「新聞風向」會受這樣的滲透而影響，新聞自由就不會受影響。到目前為止臺灣還沒有受到太大的影響。

入侵編輯臺

第三章 撼動世界的「中國因素」

中國大外宣在世界各國都暢行無阻，
如果說哪個國家還沒有中國的大外宣，
唯一的原因就是那個國家太小。

—— 何清漣

一、回歸的俄羅斯與崛起的中國

　　威權政體（authoritarian regime）是指由一個較小型團隊，例如單一政黨、一名獨裁者或軍隊領導，而人民參與程度被降到最低最低的一種政體。威權政體企圖嚴格控制人民政治生活，密切監控人民的政治思想及言論、行動或展開鎮壓，但威權政體有時不一定限制人民在政治領域之外的活動。相對於民主政體（democracy）是指「政治權力集中在多數公民手中」的政府體制；獨裁政體的分類則就在民主政體對立面，強調政治權力集中於菁英，民主則訴求把權力分配給公民。

　　威權政體經常被視為「獨裁政體」下的一項分類，較常出現於開發中國家，政治上權力集中，但在其他面向如社會與經濟等相對寬鬆，統治邏輯在於「消滅統治上的反對勢力」，而非為「對社會完整的控制」。威權政體的特徵有：政治權力集中於個人或特定團體中、不接受實質的反對勢力存在只能有象徵性反對黨、沒有實質有效的監督機制、對社會經濟控制較為寬容。相對於威權政體，極權政體也是獨裁體制下的一種分類，最大不同在於對政治、經濟、社會全面掌控，以達到更完美的政治目標。

　　列寧和史達林曾提出「五種社會形態說」，也就是「五階

段論」，這套論述是認為人類歷史沿著原始社會＞奴隸社會＞封建社會＞資本主義社會＞社會主義社會一路行來的發展脈絡。馬克斯、恩格斯則提出論述觀點說，人類社會發展有跡可循，從原始的共產社會歷經奴隸社會、封建社會、資本主義社會，最終發展到社會主義社會。

學者認為，中國共產黨對人類歷史潮流演變的看法一脈相承於馬克斯、恩格斯、列寧與史達林觀點，人類社會的發展模式：原始共產社會、奴隸社會、封建社會、資本主義社會以及社會主義社會的五階段愈來愈高級。他們因為這樣去認知社會發展的規律，所以會為此一路奮鬥，推進無產階級的世界革命，以建設社會主義、不再有剝削、廢除國家體制進而解放全人類，最後邁向共產主義社會的演進路程。這套論述也是他們因此相信意識型態可以主導人類行為。

學者明居正認為，中國共產黨對這套論述深信不疑。他們屠殺數百萬名「反革命分子」也是為了改造中國人的意識型態，例如之前高舉的口號「思想改造、政治教育、歷史教育，以及全面壟斷的文宣」，讓人民相信且進一步接受馬列史觀，他們自認在中共領導下的中國已走向正確的歷史潮流。[1]雖然有人還是懷疑社會主義是否吻合歷史潮流，但在完全壟斷的文宣下，

"

1 參見明居正，〈對龍應台致胡錦濤公開信的回應　明居正：今日中國何去何從〉，《大紀元》，https://www.epochtimes.com/b5/6/2/8/n1215303.htm。

中國群眾無法獲得其他觀點資訊。

　　我們這個時代面臨了社群軟體的科技創新，被稱作「後真相」（Post-Truth）時代，也就是閱聽眾觀點易接觸到激情與偏見的同溫層，不一定依事論理！這樣的大時代更容易提供威權主義國家在國際場域加大傳播力道。中國與俄羅斯基於地緣政治拓展意圖，威權管理境內各族群人民，發展民粹主義意識形態，獨裁管理其公民，以軍力權力與金錢挑戰西方國家價值觀，這種挑戰常建構在「戰略敘事」（Strategic Narratives）以改變話語環境。例如，美國外交委員會民主黨籍首席議員梅南德茲提到，中國利用人工智慧（AI）和生物辨識等技術，追蹤人民並控制資訊。2

　　習近平於 2017 年中共「十九大」工作報告時，宣稱經歷毛澤東讓中共脫離殖民地獨立的時代，也特別描述鄧小平時的經濟繁榮，揚言要在他（習近平）身上，中國會點燃一個富強的新世紀。他的戰略敘事以「中國夢」及儒家價值觀，藉「百年馬拉松」1949 至 2049 年戰略計畫，預期 2050 年達成兩個一百年框架底下的目標，其一是在 2021 年中國共產黨創黨一百年的時刻，達成全面小康社會，其二是在中共帶領之下新中國建國一百年時（2049），讓中國變成富強、民主，而且又文明的社會主義國家，成為全球領導者，實現中華民族偉大復興夢想。

　　相較於中國，俄羅斯的「宏大敘事」（Meta-Narratives）則是企圖成為跨區域強權的歐亞主義，要成為全球發展的中心

而不是邊緣，俄羅斯的「國家文明」（State-Civilization）和歐美的民主不同，他們強調由家庭出發，把握國家及東正教，這三項核心思想都足以與西方的民主價值來對抗（金台煥、劉宗翰，2019）。兩大威權國家的戰略敘事意圖與路徑可參見下表 4-1：

表 4-1　中國與俄羅斯的戰略敘事比較

活動領域	中共	俄羅斯
論述／故事	1. 中國夢 2. 傳統儒家價值觀 3. 中央之國的價值觀	1. 歐亞主義 2. 傳統與保守主義的價值觀
媒體	1. 媒體攻勢 2. 透過收買與所謂「借船出海」戰略	1. 媒體攻勢 2. 利用社群媒體傳播不實訊息
海外社群	利用海外華人組織、華文媒體及「中國學生學者聯誼會」分會等，而這些機構有些是中共的代理人，有些是中共下手的目標	「俄羅斯世界」的理念，從文化社群演進到地緣政治的影響力劃分
文化	1. 孔子學院傳播官方觀點 2. 迫使人自我審查	
政治施壓／攏絡	1. 直接與間接政治壓力 2. 經濟誘因 3. 迫使人自我審查 4. 激勵華人同胞的政治參與	1. 利用與擴大當地分化與不合 2. 與當地「聲氣相投的天然盟友」（Natural Allies）進行結盟

資料來源：金台煥、劉宗翰（2019；譯），〈威權銳實力：中共與俄羅斯之比較〉（譯），《海軍學術雙月刊》，53(1): 118。

❝

2　參見〈美參院報告控中國借科技崛起發展「數位威權主義」〉，《法廣》，https://www.rfi.fr/tw/%E4%B8%AD%E5%9C%8B/20200721-%E7%BE%8E%E5%8F%83%E9%99%A2%E5%A0%B1%E5%91%8A%E6%8E%A7%E4%B8%AD%E5%9C%8B%E5%80%9F%E7%A7%91%E6%8A%80%E5%B4%9B%E8%B5%B7%E7%99%BC%E5%B1%95-%E6%95%B8%E4%BD%8D%E5%A8%81E6%AC%8A%E4%B8%BB%E7%BE%A9。

進一步來看本書主要關切對象中國所運用的媒體敘事手法，2009 年起，在他們極為重視的「國際媒體計畫」裡面，就投注了約 90 億美元，這些錢分配給直屬政府的中央電視臺、中國國際廣播電臺、中國日報、新華社等四大國營媒體。六年後，中國又經「中國國際廣播電臺」影響其三家「夥伴公司」：芬蘭坦佩雷市（Tampere）的環球時代傳媒有限公司（GBTimes）、澳洲墨爾本市的環球凱歌傳媒集團（Global CAMG Media Group）、美國洛杉磯的環球東方有限公司（G&E Studio Inc）。透過這樣的模式，中國的國際媒體計畫至少在 14 個國家的 33 家媒體裡面擁有股權。此外，這三家夥伴公司的六成股權是藏在「中國國際廣播電臺」旗下的「國廣世紀媒體諮詢公司」。中國就是透過這樣的媒體交叉持股，由國務院及中宣部，透過英文、華文及當地語言廣播，細緻地對外言說中國好，強調中方對國際有利益的正面觀點。3

66

3　參見 Koh Gui Qing and John Shiffman, "Beijing's Covert Radio Network Airs China-friendly News across Washington, and the World," Reuters Investigates, November 2, 2015, https://www.reuters.com/investigates/special-report/ china-radio/。

二、大撒幣下的媒體都姓黨？

從前節的描述，威權國家本質是掌控言論，並形塑特定價值觀，以進一步維持統治法理與穩定，甚至進一步把影響力擴及其他國家。近年來愈來愈多人重視威權國家對外操作輿論，不斷提出警示，如 2018 年美國國防戰略報告指出，中國與俄國的意圖已日漸明顯，想要將世界的運作改變成如同在自己國內的威權政體模式，也就是說，如果這一波的威權擴散成功，中俄的手已伸進他國，去影響他國的經濟政策、外交與國安等諸多方面事宜；2018 年，澳洲查爾斯史都華大學公共倫理學教授 Clive Hamilton 出版了《無聲的入侵》（*Silent Invasion: China's Influence in Australia*），這本書在付梓前，獨立出版社只因擔心中國政府和代理人報復就拒絕出版，有另兩家出版社基於同樣的考量也拒絕出版。這本書提及 2004 年開始，中國共產黨從學校、職業公會、媒體業者、礦業、農業、旅遊業等民間層級，再到地方議會、州政府與首府政黨等政府部門層級全面滲透（Diamond 著，盧靜譯，2019：165-168）。

中國外宣的組織布局以領導、決策和執行單位三層面來看，領導單位主要是由中共中央政治局常委直接管轄，有「中共中

央宣傳思想工作領導小組」、「中共中央外事工作委員會」，其中，「中共中央宣傳部」負責制定宣傳總方向，「國務院新聞辦公室」則負責重要決策。最後的執行單位非常多，包括外交部、商務部、文化部、新華社、央視、中共中央對外聯絡部、五洲傳播中心、中國外文出版發行事業局等等。在民主國家視為「無冕王」或監督的「第四權」的媒體，在中共組織架構裡面卻是政府運作的一環，直屬於國務院的宣傳工具。如下圖4-1：

圖 4-1　中共外宣工作組織架構圖

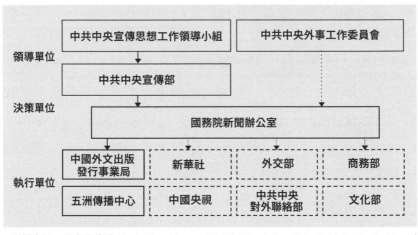

資料來源：作者參考自 Tsai, Wen-Hsuan (2017), "Enabling China's Voice to Be Heard by the World: Ideas and Operations of the Chinese Communist Party's External Propaganda System," *Problems of Post-Communism*, 64(3-4): 206-207.

　　俄、中已將民主與威權對於言論態度的不對稱發揮到極致，兩大強權國家屬意自己國內的體制，利用民主社會多元開放的特性來滲透顛覆，兩大強權進入美國社會幾乎不受限制，相較

之下，國外人士例如記者、研究人員、學生，或者學校、基金會、智庫和企業等組織，要進入兩國的社會就必須受嚴格掌控。而其戰略目標，俄國是曾做為超級強國的失落感帶來的憤怒與不甘，企圖重奪蘇維埃聯邦國際影響力；中國則有新興崛起的大國野心，渴望稱霸亞洲和太平洋。

　　進一步分析，中國目的就是要拋開西方自由人權的民主道路，而且由下而上的責任制度，中方現行的制度可稱為威權國家性質的資本主義，套用中方的語詞就是「中國模式」的「全球化 2.0」。中國對國際的花費遠比俄羅斯更多，援外金額約 380 億美元，有的是對窮國發放貸款，雖然中方還是依市場條件要利息，中國援外金額已超過美國，而且很聰明地透過與非洲等國家的「信貸關係」，把這類開發中國家推入可怕的債務陷阱，把賄賂貪汙的習性帶進當地政壇，等對方拿不出利息，再要求對方把一些戰略資產的土地港口等賣給中國，以此拓展版圖。例如斯里蘭卡因為欠北京 80 億美元，把深水港 Hambantota

斯里蘭卡戰略地深水港 Hambantota。
PHOTOED BY Deneth17.

租給中國 99 年（Diamond 著，盧靜譯，2019：169-170）。

　　中國藉由國際戰略「一帶一路」布局，除了將外援送至同陣營的獨裁國家，更把「影響力作戰」發揮到淋漓盡致，中國與全球民主國家的媒介簽約，聲稱要投資或合夥，或者說要做慈善，事實上卻是以政治捐款來干涉各個相關董事會職務。中方透過愈來愈靈活的手段，深入滲透到民主國家內部的五臟六腑裡。被介入的對象包括了媒體、娛樂事業、出版圖書類、科技公司、學校、研究單位與非政府組織，甚至，中國想方設法滲透進助理、政黨、政治領袖等等，影響力日漸龐大（Diamond 著，盧靜譯，2019：172）。

　　正如同前節所討論，中國在各個國家展開一場「論述作戰」，在媒體方面，中國國有媒體如新華社、環球時報、中國日報、中國國際廣播電臺、中國環球電視網等在全球拓展地盤，這些聲稱是媒介的單位，事實上直屬於中國官方，既報新聞也兼做政治美化的宣傳工作，媒介內容幾乎變成中國人說故事的「武器」，舉例來說，這些國營或黨營媒體美化中國的新聞訊息非常一致。學者指出，2015 年對外宣傳費用在 100 億美元左右，大約是美國 2016 年用於公眾外交預算的五倍（Diamond 著，盧靜譯，2019：173）。

　　在大學裡面，為大家熟悉的是「孔子學院」，孔子學院隸

　　　　　　　　　　　　　　　　入侵編輯臺

屬於中國的教育部下的漢語推廣辦公室，數量最多時在全球有525 間以上，在各校園密布形成全球網絡，表面上是教說中文，事實上負有宣揚中國政府政策及文化的工作，並且偵防教師的言談是不是有抨擊中方。孔子學院還提供獎金及研究費用給學者與教師和合作機構。例如哈佛大學負責國家重要業務的科學家利伯 (Charles M. Lieber)2021 年被美國司法部起訴隱匿參加中國的千人計畫，他三年合約可以拿到約 350 萬美金高額收入。

　　中國藉此在全球各地校園內加大影響力，例如孔子學院在金援校園之後，就能進一步禁止敏感的講者和議題進入校園，例如天安門大屠殺、西藏問題或人權議題。不只如此，甚至，中國的智庫、中國在全球的部分留學生也負擔為黨喉舌的任務，甚至包括「中國學生學者聯誼會」在美國有 150 處，在法德英三國約 200 處分會，整合留學的中國學生，壓制批判北京的聲音、監控校園、宣揚政府立場，甚至回報「不愛國」的同學行為（Diamond 著，盧靜譯，2019：176）。此外，中國的對外滲透還充分利用政商關係、慈善機構等等。

三、六一三九八部隊

　　這場威權主義與民主社會的競爭，新型數位科技也成為重要工具，特別是網際網路的運用。威權國家以監控、封鎖、擾亂和駭入獨立媒體和公民社會的線上網路，不只如此，更運用兩極化、假資訊、操弄輿論和政府箝制等手段來破壞網路自由，以達其特殊目的（Diamond 著，盧靜譯，2019：277）。在這樣的背景下，開始有人擔心是否社群媒體已經危及民主，各種聳人聽聞的假訊息透過社群媒體廣傳，愈誇張傳得愈遠，閱聽人因此對資訊來源及客觀真相信心瓦解，既有媒體也不再有正當性，這也強化了各種無中生有的假訊息，愈兩極化愈能建立特定追隨者，民主社會在公領域的自由民主因此受到威脅。[4]

　　例如在 2016 年美國大選期間，俄羅斯政府動用政治團體發起資訊戰，動用真人與機器人的假帳號全面出擊，激化憤怒嚇阻反對，北馬其頓的 Veles 小鎮，甚至登記了上百個挺川普的網站，當地青年就靠著改資料及假訊息賺進數千到數萬美元的廣告收益。[5] 社群媒體讓政治領袖可以把仇恨講得平常，或含蓄認可社群媒體支持者的訊息，或用臉書等平臺傳播仇恨。[6] 再加上現在每點一次網路、下單購物、搜尋資料，各家科技公司就會留下我們的數位足跡。甚至結合大數據分析、計算認知心理學和行為人口分析統計這些數據，更讓人擔心的，不只是社群

入侵編輯臺

媒體和科技公司，愈來愈多威權政府把網路當成政治監視、鎮壓和控制的天網（Diamond 著，盧靜譯，2019：285）。[7]

尤其，中國全面監控其人民，大城市已遍布監視攝影機，並使用臉部辨識軟體檢視畫面。且為國民「社會信用評分」之用，凡在社群媒體批評政府、分享「不愛國」新聞或是在示威活動附近被監視器拍到都會降低信用評分，並以「網路長城」的巨型內容審查系統來封鎖西方網站和社群媒體平臺。中國的網路公司也負有內容審查的義務，而國家也透過「共青團」等成員帶風向動員支持政府言論，國家並實行更高階的監視行動，如有醜聞或民怨時則用娛樂或其他內容淹沒網路轉移注意力。世界各地威權政府都認為中國歐威爾式的數位科技統計，是能執行大規模的支配和鎮壓的秘訣。

威權國家就這樣不斷封鎖、刪除批評、跟監、騷擾和逮捕質疑國家的記者，並用機器人和水軍在臉書等社群帶風向爭取高點閱率，再妖魔化反對意見。威權國家並運用「針對性阻斷

66

4　參見 Anamitra Deb, Stacy Donohue and Tom Glaisyer (2017), Is Social Media a Threat to Democracy? https://efc.issuelab.org/resource/is-social-media-a-threat-to-democracy.html。

5　參見 Samanth Subramanian, "INSIDE THE MACEDONIAN FAKE-NEWS COMPLEX," WIRED, https://www.wired.com/2017/02/veles-macedonia-fake-news/。

6　參見 Anamitra Deb, Stacy Donohue and Tom Glaisyer (2017), Is Social Media a Threat to Democracy? https://efc.issuelab.org/resource/is-social-media-a-threat-to-democracy.html。

7　參見 Anna Mitchell and Larry Diamond, "China's Surveillance State Should Scare Everyone," The Atlantic, https://www.theatlantic.com/international/archive/2018/02/china-surveillance/552203/。

服務攻擊」以高流量癱瘓反對陣營和獨立媒體的網站（Tucker et al., 2017:50-52）。一項研究也指出，社群媒體的演算法優先順序邏輯可以讓其設定的訊息被看到，網路機器人大軍可以大量按讚並不斷貼送訊息，讓他們想要操弄的貼文獲得同溫層回響效應，有心人可以藉此以驚人速度置入假消息並在社會散播分裂的種子，這是「心理戰」形式（Spalding 著，顏涵銳譯，2020：141-142）。

甚至可以看到「網軍部隊」的正式編制，中國網軍大本營 61398 部隊就是中共軍方的大型網路戰爭支部，用來對西方發動快閃式的網路文宣攻擊，也是中國「超限戰」的核心部隊，美國資訊安全公司直指這個部隊對美國展開網路攻擊。

2008 年，哈佛大學的研究證實中國政府以五毛人民幣一篇網路文章的方式聘請中國網民在網路上撰寫宣揚中共政策的文章，也因此出現了「五毛黨」的稱號。2013 年中共官媒報導文宣部聘用兩百萬名「輿論分析師」來監控訊息或發動網路攻擊（Spalding 著，顏涵銳譯，2020：127-128）。

上述正是本書討論之網路超限戰的核心概念。中共中央的網路安全和信息化委員會也在 2016 年提出網絡強國戰略思想：

習近平總書記網絡強國戰略思想是新的歷史條件下馬克思主義基本原理與我國互聯網發展治理實踐相結合的產

物，是黨中央治國理政新理念新思想新戰略的重要組成部分。習近平總書記網絡強國戰略思想對中國特色社會主義治網之道進行了科學總結和理論昇華，是引領網信事業發展的思想指南和行動遵循，為全球互聯網發展治理貢獻了中國智慧、提供了中國方案，體現出大國領袖的責任和擔當。「在習近平總書記網絡強國戰略思想指引下，網絡安全和信息化工作紮實推進，頂層設計和總體架構基本確立，網上正能量更強勁、主旋律更高昂，網絡空間日漸清朗，國家網絡安全屏障進一步鞏固，信息化驅動引領經濟社會發展作用凸顯，人民群眾在共享互聯網發展成果上有了更多獲得感，網絡空間國際話語權和影響力明顯提升，網絡安全和信息化事業發展取得重大成就。」「習近平總書記提出推進全球互聯網治理體系變革『四項原則』和構建網絡空間命運共同體『五點主張』，為推進全球互聯網發展治理貢獻了中國方案、中國智慧。當前，網絡空間已經成為全球治理新賽場，必須全面加強網絡空間國際交流與合作，推動我國治網主張成為國際共識。」[8]

　　從中國政府文宣體系的公開宣示，可見其政府網軍積極的文宣工作，是要形塑公眾意見，把中共對於網路和社群媒

8　參見謝靚，〈全國政協舉辦在京政協委員學習報告會暨機關幹部系列學習講座〉，《人民政協網》，http://www.rmzxb.com.cn/c/2016-05-25/830460.shtml。

體貼文的目標說得更具體。而只要能夠控制訊息，就幾乎能控制其思想行為。這一切都是中國當前習近平政府對內維穩對外大外宣的統治之道。前文討論到涵化理論時提及，統治階層為爭奪文化論述權介入群體，改變其利益結構。統治階層靠收編對立群體維繫霸權，統治階層的權力不是階級架構造成的，是在意識型態鬥爭中鬥贏來的（Bennet, 1998）。

為了贏得與確保統治階層的意識型態，媒介再現扮演了非常重要的核心角色。媒體幹部會服務統治階層的利益，以刻板印象再現的方式刻意忽略、扭曲或壓迫被統治階層。把這樣的涵化理論放到此刻的中國可以看見，中國委託的訊息審查者工作很多，既要限制特定言論還要努力傳播中國好。中國嚴格管控社交軟體及公眾媒介裡的關鍵字與表情包，一旦發現有反抗意味，或嘲諷習近平便會立即攔截屏蔽消音，被抓到的閱聽人輕則停權或註銷帳號，重則可能被舉報給政府面臨刑責。

也就是說，之前 McQuail 所說的，媒介已成為人們面臨事件及經驗的「窗口」、是世界大事鏡子，扮演「過濾者」角色，不只是閱聽人的路標，也變成阻斷真實的障礙屏風。舉例來說，在「微信」裡面「習近平」或有關其別名「小熊維尼」的訊息，很可能無法發送至對話群組，中國政府控制其境內的網路和世界網路不能接軌，用「防火長城」管制構建出中國境內的封閉型

內聯網。中國境內的閱聽人不能自由瀏覽，或看到任何敏感的國際網域。舉例而言，緊盯中國人權訊息的國際特赦組織，或批判中國的臉書（Facebook）、推特（Twitter）等網站都被拒於中國境外。當然，很多中國閱聽人會以「私人網路」（VPN）翻牆。不過，中共甚至在十九大前就曾試圖封鎖 VPN，要求蘋果公司將中國版應用軟體 VPN 統統下架。

在傳統媒介這個領域，中國的報章及電視臺都是黨全面掌控，習近平視察《人民日報》、新華社及中央電視臺三大官媒的總部時把話說得很明白。習近平要求記者對黨要絕對效忠，思想、政治、行動都全部要緊跟黨的領導。因為擔心少數記者仍不聽話，多數的媒介都是事先管控審核，例如記者們採訪十九大的專家學者，每篇稿件都必須經領導階層、中央宣傳部許可才可能播出。而且訊息審查制度不只政治，也逐步擴展。例如，線上書店一定要加入「國家新聞出版廣電總局」的評級體系，評核標準還有一項稱為「道德價值觀」。[9]

中國共產黨如上述的一項又一項的作為，滲透了美國政府和企業。現在流行的是數位和商業戰：經濟、財務、數據資訊、製造、基礎建設，以及交通。總體來說，這種網路作戰就好像

9 參見麥笛文，〈中國政府如何審查你的思想？〉，《BBC 中文》，https://www.bbc.com/zhongwen/trad/chinese-news-41634026。

隱形轟炸機，中共的隱形戰術並非掩人耳目，其實是毫不遮掩地放在大家都看得到的地方，只是偏偏沒有人看到。美國一直認為只要有自由貿易，就能自動瓦解中共威權的枷鎖，為民主鋪路。但拿錢去投資在一個明令金錢不得匯出的集權國家，等於是打開美國國庫隨便人家搬。現在，各民主國家面臨了二戰後最大挑戰，即是威權國家對民主國家發動的隱形戰（Spalding 著，顏涵銳譯，2020：9-15）。

　　　　　　　　　　　　　　　　　　　　入侵編輯臺

問題四、您覺得臺灣的新聞自由能否抵抗威權滲透？

媒體人回答 ─────

001 號媒體人

答：

很難，除非你是負責生活娛樂吃喝玩樂體育新聞，但現在連影劇新聞都受影響。娛樂只要牽涉政治都沒有自由。例如中時社論負責人也坦言做得很辛苦。例如漢光三七號務虛不務實，連中時都受影響，此時哪有新聞自由？三大報時是威權體系，例如當年不就是臺日管不住就收買。

現在在網路裡面的社群，每個人變成像「圈地」的範圍，就以極少眾來寫新聞宣傳。《網際權力》這本書裡面有提到，在這個群組裡面互相限制，例如網路聲量裡面，粉絲團裡面聲量最高者也形成一個「網際權力」，參加這個群組就會受到其限制，有的是「群主」控制，有的是沒有群組的無人管制的。

002 號媒體人

答：

臺灣的新聞自由最終應可以抵抗中國的大外宣，臺灣自由民主人權法治可以讓媒體透明化。

003 號媒體人
答：

　　閱聽人不一定每個人都會受影響，深藍軍其實也不一定因此支持共產黨，但如果問我整體的「洗腦」效果我覺得應該算「很有效」。像我這種人已經不缺錢，我從戒嚴、李前總統半戒嚴到廢除刑法一百，當年只要講一句「不太對」的話，警總就來了。例如當年我在蔣經國時代說了一句「釣魚臺是日本人的跟我們沒關係」，立刻被請到警總喝茶，電臺也曾因此希望我要說話小心一點。電臺以前一定要有一個黨組織，有小組長、組員，還有一個警總退休的人來監視，電臺裡面的從經理到工程師，尤以工程師最重要，每個月小組長要開會一次，越戰時因為廣播電臺被攻下來，胡志明市的西貢垮掉，所以廣播電臺一定要留位置給警總退休者。每個電臺都要做鐵窗，聽眾來賓不能進到播音室只能坐大廳，有兩層篩選不讓外人進來。走過了那些時代，現在對方就是用錢來影響新聞。

004 號媒體人
答：

　　逐步是有一些影響，當時我們的媒體是為了做給大陸觀眾看，所以對臺灣新聞界的影響還好，但在臺灣看得到的「中評網」就比較明顯偏紅，他們會有一些來自大陸的內容給臺灣人看，我沒有覺得他是紅色媒體，但像這樣是跨兩岸資金及媒體進來的，已經是沒有那麼臺灣了，而他們這種媒體又不必完全靠點閱率過生活。

005 號媒體人

答：

　　整個經營環境及網路時代都會大規模受到很多影響，中國大陸各省市下的預算都先會請示國臺辦，例如有一個「魅力城市系列」，每年都跟國臺辦會簽，當年的預算一次下七、八百萬臺幣，就有預算進來特定媒體。當省市大官到臺灣參訪時，雖然臺灣的主流媒體檯面上看不到這些省市大官的新聞，但，其實他們都被安排到電視臺，讓來臺灣的大陸官員覺得很爽，參訪臺灣時感覺很受到重視，這從時報集團到地方政府，以時報還有如呂 XX 的子公司「時報國際」就專門接中國來臺的商展，也就是公關公司，或是來臺招商，這些都是由中國下預算。也就是，表面上來活動參訪，實際上從旅行社、公關公司、招商，大家一起招呼來臺的參觀團體。媒體力量就是以官商民間來共同安排，讓大官領導來臺覺得有面子。

　　這樣的慢慢轉變是逐步改變而成，大約這樣五年之後，媒體體質就已然改變了。外面的人看到的是媒體，但我們看到的是像公關公司。

006 號媒體人

答：

　　在上述的新聞審查制度下，新聞自律自由就逐步受影響，記者自己就會「內控」了，記者會自我調控新聞自由的空間，例如，記者就會從聲稱的名字稱謂開始改，改為對岸接受的稱謂，這就

是對岸的掌控。

---

007 號媒體人
答：

　　中評社是兩岸三地都可以看到的網路新聞媒體，他們希望多專訪一些人，什麼人都可以，早上頂多兩則，下午兩則，也發分析稿。但立場方面的設限有明顯禁忌：西藏議題、達賴喇嘛、法輪功是絕對禁忌。有一次寫「法輪功」新聞竟被改成「邪教組織」。後來雖然被加薪慰留升官，但仍拒絕了。因為，最早是以希望成為兩岸的橋樑而接這個工作，但為了薪水再這樣下去幾乎就變成「間諜」了。

---

008 媒體人
答：

　　無法抵抗。臺灣的新聞從業人員都太年輕，沒有足夠的經驗判斷，另外，也沒有足夠的經費抵抗。

---

009 號媒體人
答：

　　臺灣新聞自由雖然尚能抵擋這樣的滲透，但長此以往，也讓臺灣媒體生態兩極化，造成民眾對立、分化，不利團結。而藍綠色彩較不鮮明的蘋果日報，也在中共的打壓下面臨生存困境，不

得不宣布結束紙媒，近年來更大幅裁員一半以上，在媒體生態驟變及沒有其他業外收入的情況下，未來發展令人擔憂。

---

010 號媒體人

答：

臺灣的百姓越多人認同本土政黨，免疫力就越高。局勢對威權滲透的抗拒能力越有利，因為臺灣的年輕人臺灣主權意識濃厚。

---

011 號媒體人

答：

我覺得很難，臺灣有時是因為太自由而沒有察覺被滲透了，有時威權會假裝和臺灣人一樣同聲沆瀣一氣，或是讓臺灣民眾仇視政府，這是新聞自由環境下民主社會要共同面對的現實，應該想想如何盡快調整。

---

012 號媒體人

答：

臺灣有個比較弔詭是強調言論自由，所以不能審查其取向及來源，但這樣反而不利抵抗滲透。目前只有 NCC 有指導權而已，但媒體是商業機構不太可能自我抵抗，多數都只是領薪水的員工，怎麼可能向老闆說三道四。

---

013 號媒體人

答：

　　有困難，臺灣新聞太自由了，所以政論節目，甚至包括主持人、製作人傳達的全是中國的訊息，或許他們認知以為自己是新聞自由，卻不知道他們就是被威權體制的文宣機器所收買或影響。

---

014 號媒體人

答：

　　過去的「大眾媒介」現已漸消失，取而代之的是「分眾媒介」，各有立場就會各有支持該立場的閱聽人，甚至各擁政黨。未來第一是要看記者能否覺醒，第二要看民眾的認知。例如，當年我被要求做更多業配新聞，拉更多贊助時，實際掉到身上時才驚覺所謂的威權滲透真的會影響到自己，這種心態比較明顯出現時，大約是到 2015 年前後了，距離最早開始去二線三線城市採訪做宣傳時大約過了六年。

---

015 號媒體人

答：

　　新聞媒介這些年因為經濟不好，預算不夠緣故，不論中國政權或臺灣政府或地方政府甚至美國，只要有錢就可以買到臺灣的新聞，的確造成新聞自由的傷害，但相對地，即便新聞不報導或新聞大量的報導，只要有社群媒體就可以傳遞一些不一樣的訊息，網友雖然看到新的事件一出來會有大反應，可是一段期間後

網友就會有自己的判斷和反應能力了。可以這麼說：錢夠大新聞自由影響就夠大，錢不大影響就不大，但閱聽人這些年來有一些判斷能力了，這就是逆勢養出來的人民自己的因應能力。

問題五、請您說一下這些年來聽到的新聞界被滲透影響的實例？

媒體人回答 ————————————————————————

001 號媒體人
答：

　　剛才在第一題時就說了。例如網路媒體「中評社」很早成立，早在九〇年代由汪道涵支持成立，背後就是中國的國安部。所以在新聞界，很早就體會到「透過輿論對臺攻勢」的情況，中共方面也不在乎你知道。此外，又例如像「指傳媒」之類的媒體，就是由民間成立一個傳播科技公司，由這家傳播科技公司統籌成立十餘個網站，這些都是明著來的。

002 號媒體人
答：

　　部分媒體的立論根本是中國的立場，根本就是中國的想法及新聞的轉載。

003 號媒體人
答：

　　臺灣跟韓國日本不一樣，在於臺灣民主化是因為有以前的反

　　　　　　　　　　　　　　　　　入侵編輯臺

對黨，宜蘭的郭雨新與康寧祥等人帶動。但自從大陸開放給你錢賺，臺灣就變成向錢看。經過這次廣播電臺賣時段及滲透宮廟地方組織之後，中共之後應該是買網紅就好了，電臺就買中廣就好了。一定會有人聽，效果大小就要看個人主持風格。

至於洗腦效果好或不好，如果從大局整體來看影響還算有限，因為年輕的不信這一套，年紀大的就會看我這種死忠有硬骨頭的，票可能就會穩了。現在有的運將車上連收音機都沒有了，所以，我從五年前就開始讓大家一進網路可以馬上聽到我的 AM 節目。

---

004 號媒體人
答：

例如，中天電視臺在歷次選舉日漸嚴重，已經逼使資深媒體人「靈肉分離」，一直期待內部的那一位主事者下臺，之前聽說還有老中時、老中天的人去擋住老闆。這樣發展下去當然整體新聞品質受到了影響，你走這麼偏，那我就往另一邊偏過去，當中天新聞的收視率飆高的時候，雖然明知新聞不該這樣做，但，還是導致新聞界大家跟著走向亂炒作亂瞎扯的路。

---

005 號媒體人
答：

經營者慢慢地由非新聞人及非媒體來主導經營，這樣對媒體角色的認知也不一樣。例如蔡旺旺有些東東都只會放在旺報，就是要做給中國看的，後來，逐步地，也聽說部分媒體高層還要幫

忙很多事，例如，在中國有食品糾紛及生意問題，被告的時候要去擺平，去安撫媒體找公關公司，就是交給 XX 報，XX 報就變成是綜合型的公關公司，例如廣州日報在修理某食品，就是由 XX 報以媒體同業身分來談談，媒體在中國可以幫其本業處理很多食品商業糾紛。

---

006 號媒體人
答：

　　早期對岸很喜歡蔣家王朝的八卦觀點新聞，當年也都做了陳水扁的三部曲，但這個過程的標準就是要說臺灣很爛，尤其千萬絕不能講「民主」。還記得 2006 年前後時，我的媒體長官 XXX 當時還私下提醒大家，在所有新聞裡面都「不要談民主」，因為這是中國的緊箍咒，只能講故事，因為中國就是怕大陸人學習民主。

---

007 號媒體人
答：

　　如果中國的高官來訪，就會避開思想比較臺派的記者，派比較認同中國的記者跑新聞，在新聞自由的臺灣成長的記者，如果要對抗這樣的新聞影響必須要有「很強的信念」，才能不受利誘，這種被改稿被設限的精神折磨真的，很難讓有自主性的記者長期忍受。

入侵編輯臺

008 媒體人

答：

　　阿扁總統兩顆子彈與奇美小護士，交錯真假資訊影響民眾判斷，干擾其他新聞的公正性。此外，中國大量採購臺灣農產品，事實上並沒有採購那麼多，反而是竊取臺灣農產專業。但這個採購農產品的新聞，也在臺灣新聞界做得很有影響力。

---

009 號媒體人

答：

　　中共高額補助臺灣藍營媒體人，又例如，旺旺集團積極領取中共補助，金額逾數百億元，這些金額已被證實，只是旺旺方面說是食品企業所獲的補助，但這不是左手進右手出嗎？這一樣是對旺旺的補助。

---

010 號媒體人

答：

　　從中天電視臺的言論取向就很明顯，他們早已向中國公開表態，旺旺媒體是從不掩飾的。再說 TVBS 落入王雪紅之手，亦扮演中國大外宣角色，只是沒有明目張膽而已。

---

011 號媒體人

答：

　　我有些資深媒體人甚至是以前的政客或是政治名嘴成為在地

協力者，在被扶植或威脅利誘下成爲中國大外宣工具，上新聞談話性節目或自己主持的節目，又或是接受媒體採訪，大談中國和黨如何的好，有時都說得很誇張，都重重地打擊臺灣政府。

---

012 號媒體人
答：

例如廣播節目與對岸合作，做旅遊節目，或者做「新興市場創新合作兩岸交流」，透過廣播做交流。在節目裡面不只談到中國與臺灣血濃於水的關係，而且直接徵求大學生及年輕人免費去對岸接受招待，玩一圈。而廣播電臺是市場取向，有的來買時段，有的來買廣告，有的是買二、三十分鐘的固定時段，有時是模糊化界線。雖然這些廣播媒體的收入是來自中國，可是，中間都會有喬接人、中間人、臺灣代理人來聯繫仲介，進電臺的資金不是從中國直接進媒體老闆，中間都再經一手，所以也沒有違法之虞。

中國方面的出資者的付費會比一般臺製節目高過一到兩倍，金額或費用還滿高。除了上述檯面上的手法，私下的還有請這邊的節目帶大學生去對岸交流，且由對方出錢，臺灣方面只要找人去就招待。不過，也會要求回臺要報導宣傳對岸好的情況。像網紅去接受招待回來要拍影片、寫臉書、或寫部落格。電臺以前節目就是如此，現在就比較小心了，因爲 NCC 有監聽會被檢舉。

新聞有時當然會因此較偏向對岸的新聞。因爲經費充裕，電臺二十分鐘節目做得很精緻，雙方各出一個主持人電話連線，談兩岸對節慶或過年的文化生活感覺，有時也介紹當地藝文活動，但有時談創新的市場活動，宣傳對岸的優惠措施，或對臺商的辦公室減免優惠。這些跟臺灣電臺合作的對岸電臺，他們的節目製

入侵編輯臺

作方式比較像我們早期廣播的製作方式，相比之下臺灣節目比較生活化。但這些節目因為要在臺灣播放，節目中如果使用對岸的關鍵字如「內地」「大外宣」等關鍵字就會直接剪掉，以避免臺灣觀眾聽不習慣。

---

013 號媒體人

答：

　　政治人物或名嘴在中國的海峽兩岸節目當固定來賓，出席費是臺灣好多倍，傳聞有一集三萬元、七萬元的，但在臺灣上一次節目是五千元。也有人在臺灣已經沒有市場了，卻去中國評論臺灣，如前立委邱毅等人的談話，在中方的電視播出來之後還又轉進臺灣的 Line 等社群網站，轉而成為幫助中國宣傳的武器。又例如，臺灣的主持人陳 XX 的來賓當時都可以去上中國節目，且成為中國的固定來賓，獲利更高。不過，這在國安五法修法後，電視臺無法在臺落地後已稍有改變，但對岸仍時常將節目改為短影音方式，推波擴散滲透到臺灣。

---

014 號媒體人

答：

　　報社一直要求新聞記者去拉廣告，以新聞來做業務，不配合時就再三折磨，我從勉強配合到公開拒絕，並且在臉書上公開拒絕再做業配新聞，沒想到報社竟以「洩露業務機密」來告我，所以我也反告違反勞基法等，後來報社又再告我誹謗，相關官司至今

多年仍未結束，但目前為止我幾乎都勝訴。

---

015 號媒體人
答：

　　例如大阪事件一開始被中國假新聞影響，但網軍出面攻擊成說是 idcc 網友所製造，但當時其實 idcc 的文章之前沒有任何媒介報導，到了隔年五六月後，卻被網軍帶風向成是 idcc 造成一切的，統媒再跟進報導，但一開始明明是中國的網軍來帶風向，演變到最後卻變成是臺灣網友在帶輿論，這的確就混淆視聽了。

　　　　　　　　　　　　　　　　　　　入侵編輯臺

問題六、請您說一下新聞界被威權滲透的傳言？您覺得這個傳言的眞實性多少？

媒體人回答 ─────────────────────────

001 號媒體人

答：

　　請不要說是「威權滲透」，應該說是各自「圈地」，政府自然更有圈地的能力，中國與臺灣的政府也各自如你所說的去影響滲透，如果說中國政權對臺是威權滲透，臺灣逐漸回歸威權操控新聞也算是「威權滲透」。

002 號媒體人

答：

　　例如有人證指稱中時的社論天天要跟國臺辦通電話請示，這個傳言傳得滿天飛了，我認爲這種事不需要造謠，會傳出來就是有這種事。

003 號媒體人

答：

　　多年前中共希望臺灣人去旅遊，就先來接觸廣播電臺而找到我，當年我帶觀衆去大陸玩，地陪全陪都是很漂亮的女生，全程

玩華中的話由廣州進去上海到杭州，杭州就有全陪，全陪就是洗腦，既監視你又洗腦你，當時臺灣人一進去有很多優待，例如買音響，一出來轉賣可以賺一千元兩千元，外面就收走，二十年前一次就賺二千元，回來也是會說中共好話。這些都會對新聞界產生各種效果。

---

004 號媒體人
答：

我認識的媒體人至今沒有人認同威權政治的，臺灣的電視臺次文化傾向一個口令一個動作，這是老三臺的文化，當時有線電視大力發展時，領導方式就是這一套，所以臺灣電視媒體都是由上而下，再有一些意識型態、由上而下，就會影響更大。這是電視臺爭取時間的電視文化，但也因此工作文化，會讓意識型態滲透更快。

---

005 號媒體人
答：

XX 報平常可以做關係，例如老闆捐款五十萬人民幣，就拉四川日報合名，這是高級公關，有面子又有裡子，這變成是一個變型的公司，這些都是經營者改變影響了媒體，從管理階層到內化到編輯室的規則，大約要花三五年。例如網路曾傳言李登輝讓蔡英文懷孕這種莫名其妙的假訊息，結果網媒這種獨家假新聞反而還說是因為電視臺不敢報。

---

006 號媒體人

答：

例如聽說了鳳凰衛視媒體當年有縮編也有自我設限，更有編審制度。當時媒體記者去訪問舞蹈家林懷民，林懷民原本說他是吸收這塊土地的養分成長的，回來的新聞就改成是說「中國元素」讓他成功。所以，鳳凰衛視究竟是屬於中國文宣部門主管或是臺辦部門？媒體根本都被中共視為文宣工具。

---

007 號媒體人

答：

中國立場的媒體來臺之後，對臺灣還是有一些影響，例如他們讓北京判讀臺灣不再隔一層皮，也比較貼近臺灣，可能比較看得懂臺灣情勢，如以當年的市長選舉為例，楊秋興跟陳菊競選高市長時，中方一直認為楊可以打贏，因為中國多接觸藍營。他們也只看北京相信的資訊。這一點當年中評社一直有傳達較接近臺灣真實的新聞，猜測中評社可能跟國臺辦關係比較密切，但不是直屬於國臺辦。

---

008 媒體人

答：

主持國際新聞節目的 XXX 收中國金援，蔡旺旺私人飛機可以直飛中國、有風光的場面……，真實性應該有八成，因為 XXX 真的撰文歌頌中國，結果跟我自身去中國體驗的完全不同，而蔡

旺旺的中國傳聲筒就是臺灣奇蹟啊！

---

009 號媒體人

答：

　　例如一位前主席 XXX 曾透露某政論節目的主持人 XXX 曾拿過對岸兩億元資金，這點我相信，因為消息管道很權威，在場也有其他人聽到。

---

010 號媒體人

答：

　　不是傳言了，是活生生的例子了，被影射的媒體都已自認獲得中國的勳章之地步了。

---

011 號媒體人

答：

　　XX 新聞還在有線電視頻道時，幾乎如同一言堂，聽說高層會主導來賓的談話，甚至提供講稿及談話內容給來賓，這點的真實性百分百。另有傳言 TVBS 還有東森也有中資介入，因為在檯面上都有人頭扛著，我想真實性一半一半吧。

---

012 號媒體人

答：

入侵編輯臺

聽過電臺老闆有收現金，節目合作的中間都有很多中資介入，有的跟媒體大小影響力有關，例如地方電臺可能收錢，受到更多影響。

---

013 號媒體人

答：

例如《亞洲週刊》過去立場較偏藍，目前則轉為紅色，目前的總編輯、副總主筆都用筆名，但很多文章就是為中國打擊臺灣或打擊臺灣人信心。《亞洲週刊》雖是香港公司，但這個轉變對應到香港的反送中這段時間的改變，例如某位名嘴的前立委 XXX 最近被抨擊立場反覆，傳言就是這一掛。原本參考的媒體立場，不知不覺變成紅色滲透的打手，這其中當然可能有金錢、政治介入。

---

014 號媒體人

答：

在這方面我覺得大致上從我前面回答的部分可以感受得出來，如上是我的實際經驗。

---

015 號媒體人

答：

聽到最多的是某些市長的選舉或任期間受到特定力量的扶持，此時，他們拍的 YouTube 相關的流量就會爆增，立刻紅到熱門排行榜上，FB 按讚也爆增，因為如此，大眾媒介就會報導這

個政治人物，正面報導某些政治人物的媒體也會點閱率很好，這些都明顯是受到「特定力量」的網路扶殖。

入侵編輯臺

問題七、您覺得抵擋威權滲透新聞的力量是哪些？

媒體人回答 ──────────────────────

001 號媒體人
答：

　　新聞法規及新聞道德、新聞倫理沒有什麼用，要抵抗國家機器介入新聞，在威權體制就只能革命，例如香港面臨威權改變新聞自由。而臺灣民間力量就要努力去面對政府夾殺，如同解嚴前的新社會力量。我認為可以用「市民社會」來擴大，這樣才能抵抗國家機器的壓力。但這只是在臺灣的內部國家與市民社會關係，要抵抗中國威權也要用市民社會力量，而不是靠政府的網軍壓力。例如韓粉弄到最後是韓粉打國民黨。

002 號媒體人
答：

　　臺灣平面媒體的萎縮導致記者沒有能力調查書寫，媒體素質因為記者的素質整體下降許多，整個媒體被蘋果日報的色腥羶帶著走，副刊也沒有了，整個媒體弱智化，因此讓中國的大外宣透過假訊息假網站有機可趁。此外，中國內部問題太大，如習近平與李克強的鬥爭可能激烈到如毛的文革一樣嚴重，這樣一定很慘烈。臺灣是靠民主的透明取得全世界的信任，整的來說威權滲透與新聞自由的競爭就是威權與民主的競爭，所以要抵抗威權滲透還是要靠民主的力量。

003 號媒體人
答：

　　中共買電臺節目來洗腦一開始會很有效，接著多所深入從廟會到參選里長（註：統促黨來參選里長），從基層開始做，初期有影響力，但逐步效用遞減，到最近看起來就不太有效，只是民主品質有下降。電臺留下了很多老人閱聽人，例如之前我帶了三十多個人的「千歲團」帶到少女峰去玩，有一些人受到影響，可是好在因爲大家享受民主習慣了，無法接受中共的不民主的統治。所以好險有民主的生活，但不能算是「抵擋」威權滲透新聞，應該說是沒有抵擋住新聞被滲透，可是因爲習慣了民主生活，最後才無法去接受中共。

　　未來，中共買電視和網紅對臺灣的影響還會持續有效，而且廣告趣味化，新聞趣味化，最後會加入自己的思想開玩笑，讓聽衆會心一笑。聽節目和看電視是要有感情的，因爲那是有感情的。雖然很多人和節目被買走了，但還有我這種人，我做廣播一輩子，聽衆支持我，我則想要用節目來繼續服務聽衆，與聽衆說笑話，談健康及時事，我不必用來賺錢，還有我們這種人在啊！

004 號媒體人
答：

　　至少到目前爲止，我所接觸到的所有媒體人，至今沒有任何人是認同威權政治的，有的媒體人去接觸要求記者，他們是爲了工作而如此做，並不是因爲他們支持威權而這樣做。我覺得臺灣

的媒體人多數不會去反抗，他們會爲了五斗米折腰，就是爲了工作而去接受把媒體新聞當作一種宣傳，自然而然就讓新聞呈現的威權循環更嚴重。中間又因爲如果有人不聽話就換掉，媒體受威權滲透比民間嚴重，臺灣社會本來就多元，因此呈現人人一把號的現象。

---

005 號媒體人
答：

　　現在新聞沒有 GAT keeper（守門人），生產流程變快又多且易，所以假訊息增加。傳統媒體被打趴了仍被稱爲主流媒體，假訊息百分之九十是由非主流媒體產出，都是用不同角度扭曲，局部放大。雖然威權的滲透來了，但，很多的反滲透及網軍對抗，臺派部分媒體也是同等反擊，也同樣是用假訊息討好上級，網路時代會造成偏執及集中化，多屬同溫層，例如透過網路自動發送「訂閱」，過去的記者現在就像演員，表現傑出誇張，就會得到上級提升，觀衆群也會增加。網路的「推波」形成同溫層，綠者愈綠、藍者愈藍。網路形成了一個一個壁壘分明的言論宰制的部落。

　　整體而言，威權有滲透，民主有倒退，影響所及是臺灣的整體民主體質低落。變成要大家不計較、不爭、想得開，而這些滲透很多不只是媒體造成，科技進步人心演變，威權滲透或民主倒退時「媒體」不一定是全然的因，媒體也是受害者。現代的所有人都應該重建一個價值觀，而不是去怪媒體專業道德淪喪，是我們大家一起都要來重建媒體人的價值道德。

　　有時媒體人客觀時反而會被批評成「對手的打手」，下方的網

路留言及回饋方式都試圖抹黑媒體人為不客觀。例如有媒體說：「媒體不敢報我們來報」，但這些其實都是假的。下面的訊息很多做假的。我覺得，閱聽人應培養健康的媒體素養，你認為他是假的，閱聽人懶到極點。這連起碼的素養及動作都沒有，每天怪媒體亂報卻不做努力。這是愚昧造成臺灣社會這一波被中共「入島入戶」，是很有達到「入心」的效果。但，我相信民主與威權的較勁會持續下去。

---

006 號媒體人

答：

臺灣的民主力量吧！有的人會被收買，有的人是意識形態本來就認同對岸，例如我問你黃偉哲的妹妹黃智賢這麼挺中，她是挺中或被收買？威權滲透的力量非常複雜。

---

007 號媒體人

答：

資深記者的專業素養。

---

008 媒體人

答：

正確的史觀與國際觀累積的思辨能力。還是得從教育著手，把似是而非的課文刪除，引導閱聽人自主思辨跟找答案的能力。

---

009 號媒體人

答：

　　臺灣需要有更多人來揭露真相。此外，民眾必須正確理解當前媒體情況，辨別真偽，有的片面真實比全部虛假更難判斷。因此閱聽人應該要有更全面更普及的媒體識讀訓練。

---

010 號媒體人

答：

　　國人認同臺灣的比例愈來愈高，就是最大的力量。例如電視偏綠政論節目收視率都不錯，廣播節目如綠色和平、寶島新聲的收聽率都很高，自由時報的發行量遙遙領先統媒即是顯例。

---

011 號媒體人

答：

　　有很多獨立媒體像是芋傳媒、新頭殼、思想坦克、報導者或是豐年誌，還是一些新聞性的 NGO 團體，像是 MyGo 騙、新聞公害防治基金會、報呱、敏迪選讀等，又或是蘋果日報或自由時報，都是抵擋威權滲透的新聞力量，讓大家開始懂得辨識假新聞，進而讓身邊的人瞭解，防止威權滲透。

---

012 號媒體人

答：

　　希望政府協助讓媒體的工作環境好一點，雖然對岸威脅利

誘，但媒體仍自我會有認知。建議政府花一些資源協助媒體展開內部文化挖掘，讓臺灣媒體有好一點的生存環境，透過鼓勵補助讓文化節目可以在媒體上發展，就不會一直需要從中國爭取經費。

013 號媒體人

答：

　　民主效率不好，我認爲要「民智」才是改變的力量，臺灣學子求學過程中較不重視邏輯思辨精神，我們都被教導要對師長的話言聽計從，少有教我們對權威者或媒體加以思考。雖然現在網路時代酸民當道，但酸民情緒是被帶動，加上教育中長年欠缺邏輯能力，就很容易被風向帶著走。例如，我們常莫名其妙相信白袍醫師說的話，就是服從於權威者的例證。現在，只要有人出來帶風向就會有人莫名其妙相信。所以，我不覺得民主會解決新聞被滲透的問題，未來如果有機會的話，臺灣應該多多提升「民智」的思辨邏輯能力。

014 號媒體人

答：

　　要抵抗新聞被影響，只能靠民眾覺醒，看閱聽人是不是願意支持沒有被政府力量所影響的媒體，例如香港蘋果日報後來就獲得香港人的支持。另一方面，媒體在面對滲透壓力或經濟要脅時，如果本地民眾也可以看到記者們的努力就更好了。例如在報社當記者卻被一直要求去拉業務，記者搞得像是在做生意一樣，眞的

　　　　　　　　　　　　　入侵編輯臺

滿悲哀。

＊ 015 號受訪者未回答本問題。

入侵編輯臺

第四章　臺灣媒體自由的挑戰

在自由社會裡，報紙是一股強大的力量。

—— 易卜生

本章將結合前文整理過的威權滲透路徑，藉由各受訪者的回應來描繪臺灣新聞自由遭受侵蝕的情況。

一、從三中集團看起

　　美國詹姆斯敦基金會 (Jamestown Foundation) 在題為〈中國政府如何控制美國的華語媒體〉的報告中提到，中國政府滲透海外中文媒體的方式主要有 4 種：[1]

（一）以全額投資或控制股份方式，實現對報紙、電臺和電視臺的掌控。

（二）利用經濟手段，影響與其有商業往來的獨立媒體。

（三）買斷獨立媒體的廣播時間和廣告，登載中國官方的宣傳內容（臺灣稱為「置入性行銷」）。

（四）讓特定與中國政府相關的專業人士受聘於獨立媒體，伺機發揮其影響力。

　　從以上幾點來看，透過經濟手段收購媒體以獲得所有權或經營權，也就是併購，是較明顯也較常被運用的手段。受訪者001 媒體人分析，中國對臺的威權滲透就是從中國對臺灣媒體，包括雜誌、報紙、網路、網紅的併購而來。資金是透過「第三者臺商」資金進到臺灣，提供給所需要的宣傳單位。尤其中國

在大外宣時，最早是九〇年代由汪道涵支持成立的網路媒體「中評社」，001 媒體人透露，中評社背後就是中國的「國安部」。

根據受訪者 003 媒體人的說法，目前臺灣確實有這種現象：「他們從沒有牌照的買到有牌照的！」臺灣不只電視臺被買、報紙賣出去了，更指出「現在，連一般民營小功率電臺也被傾中相關的人士買走了！」一間老牌的廣播電臺從週日時段開始賣出去兩個小時，「我就在電臺看到統一促進黨的人來錄音，他們的主席黑道大哥白狼張安樂來受訪兩次，而且這種電臺尤其會影響南部的聽眾。」電臺節目主持人只要做中國的思想新聞就好，當然會影響言論市場，閱聽人勢必會對中國有不同的印象，可能因此改觀，而且，現在電臺連歌曲都改播放中國民謠。他並認為，部分地方電臺或地下電臺時段被「統促黨」的人買下來，從媒體、報紙、廣播、行銷公司、幫派到網紅等，都變成資本擁有者「經濟影響」發動者。

這種情況說奇怪又不奇怪，自 2009 年臺灣逐步開放中國資本來臺投資，愈來愈多資金注入臺灣，中國政府有更多機會藉特許權利或特殊優惠收買臺灣企業家，或是其認為需要的對象。而經由密集的經濟互動及政商網路，中國政府有很多機會透過

66

1 原文於 2001 年 11 月 21 日刊登在該基金會會刊《中國簡訊》（China Brief），本書檢索資料自王珍，〈中共收買與滲透的中文媒體〉，《新紀元》，https://www.epochweekly.com/b5/121/6343.htm。

發行、廣告、資本等管道收編臺灣的媒體企業做為其臺灣的政治代理人，以遂行其對臺統戰宣傳，臺灣媒體為了到中國賣節目、網站曝光賺取更多訂閱費、版權費等等，也會接受中國要求的「媒體審查」，例如臺視在停播了法輪功節目之後終獲准在中國增設據點（參考吳介民、蔡宏政、鄭祖邦編，2017：421-425）。

　　媒體併購在臺灣討論許久，尤以中天中視中時的旺旺集團最受矚目。國家通訊傳播委員會（NCC）2009 年 5 月 8 日曾召開臺灣史上首次媒體併購公聽會，就是討論中時併購中視中天議題，官員認為，中時、中視、中天等三家媒體事業結合後的跨媒體廣告活動，尤其在宣傳自家關係企業產品時有明顯加乘複合的媒體效應，非常不利於媒體內容與言論意見多元化（陳炳宏，2010）。更進一步，香港證券交易所公布旺旺中國近年財報，也讓閱聽人發現，旺旺中國多年來領取了中國政府的補助，雖然該公司認為這是對於食品公司的補助而不是媒介，但，左手與右手進帳不都同樣放進旺旺公司的口袋嗎？資料顯示，2007 年起該公司開始領取中國政府補助，金額從 4 至 22 億元臺幣不等。這些數字清楚記載在港交所公布的財報內容的「其他所得」項下。

　　例如，有一筆政府補助金 4.77 億人民幣（約 21.8 億元臺幣）的金額，財報裡的說明是：「政府補助金指從各政府機構收到

的補貼收入，做為給予本集團在中國若干附屬公司的獎勵。」統整歷年數據，也就是說旺旺中國在 2007～2018 約 11 年期間，共計領取中國政府補助金高達 152.6 億元。[2]

中國資金在實務上確實會影響到媒體的產製內容，受訪者 008 媒體人提到親中資的股權者進駐電視臺後，也會開支票允許臺灣媒體集團到中國落地。當時臺劇大量賣給中國，「以商控制新聞」也是手段，把臺劇賣去中國的頻道其新聞內容就會避開某些對中國不利或批判的字眼。當電視臺有親中資進駐時，某些內容就不可說不能碰。

學者認為，在市場結構上部分臺商在媒體所有權市場擴張，強化媒體集團化和跨媒體整合趨勢，臺灣新聞自由呈現倒退趨勢，「消極新聞自由」因政府對媒體管制制度沒有改變所以「變化不大」，但「積極新聞自由」卻逐漸下滑。這是因為媒體被中國政府以市場利益收編，加強媒體集中化而自我審查產出有利於中國的新聞偏差（吳介民、蔡宏政、鄭祖邦編，2017：432-433）。而受訪者中多數都認為新聞自由有受影響，但是靠新聞界的閱聽人的努力來維持基本新聞水準。

中國滲透臺灣媒體的路徑，第一是透過在中國有事業的臺

"

2 參見〈11 年財報揭露　旺旺集團收中國政府 153 億補助金〉，《蘋果新聞網》，https://tw.appledaily.com/property/20190422/YTECGJ7QUM7XWY6ASZOYJBNKE4/。

灣企業收購媒體，以做到介入言論內容、引導言論（至少做到不反中）。但臺灣是由數個不同歷史認知，對中關係意見分歧的政黨所組成的社會，社會上也有很多反對這種傾中力量買下媒體的趨勢，例如太陽花運動、以及 2012 年後更多的網路媒體崛起（吳介民、蔡宏政、鄭祖邦編，2017：421-422）。所以旺旺集團之後結合臺塑集團、中信金集團等集資高達 175 億元，申請併購「壹傳媒」集團如周刊、電視及曾經市占率達 40% 的蘋果日報，就因為臺灣在地出現了反傾中的「反作用力」而併購失敗（吳介民、蔡宏政、鄭祖邦編，2017：499-501）。

　　值得警醒的是，受訪者 001 媒體人強調，國安部對臺灣的滲透途徑，早期是成立中評社或來臺買傳媒，現在則是補助成立「X 傳媒」之類的網路媒體，也就是由民間成立一個傳播科技公司，由這家傳播科技公司統籌成立十餘個網路媒體，這些都是明著來，資金均來自臺商第三者。和大老闆來買傳統媒體不同，進度變成了在臺灣買既有的網路媒體或創一個 X 傳媒的網路媒體。常駐臺灣的外籍記者寇謐將指中評社隸屬中華文化發展促進會，而中華文化發展促進會是中國人民解放軍總政治部引導臺海兩岸政治方向的重要平臺。中評社為數位化網絡通訊社成立於 2005 年 5 月，其社長兼總編輯郭偉峰正是前解放軍報的特約通訊員。受訪者表示，中評社時常點名要瞭解民進黨內的政治人物，至少可以讓正確的訊息回傳到中國內部。

整體來說，臺灣媒介努力「自律」，受訪者 005 媒體人對旺中案提出看法，認為不是新聞本業出身的人較易被「收買」，例如集團本業是食品，旺旺在中國「圈地」省市優專提供廠房，這些就可視為買媒體的「回本」，當年曾聽過蔡老闆坦承「三中」一年賠掉十億，但蔡家看的是「綜合績效」，中共的政策優惠放送也是「綜合績效」的一環。

二、媒體成為傳聲筒？

何謂「代理人」？以本書會運用到的脈絡，及從字面上來看，代理人一詞的「人」，若以規模來分由小至大包括個人、數人合夥、共組協會、成立公司，即單一個人或任何其他由個人所形成的組織組合。至於若談到「外國委託人」，則是指外國政府和外國政黨，這些代理人受外國委託來行動，內容包括了在國境內做公共關係顧問、宣傳代理人、訊息服務僱員等，其他還有像是收集、索取、支付或分發捐款、貸款、金錢或其他有價物品。任何人不管有沒有合約關係，只要在國境內為外國委託人的利益活動，都是「代理人」，包括公關人員、宣傳人員或網路訊息受僱人員等。[3]

臺灣現況究竟有多少中共言論的「代理人」？有學者認為，中國對臺灣混合戰操作中，特別是以假訊息發動輿論戰，經由恫嚇與欺瞞誘導臺灣民眾，破壞對制度的信任，布魯金斯研究院 (Brookings Institution) 院長約翰艾倫 (John Allen) 將軍說，中俄數位獨裁體制是利用民主的開放特性發動假新聞訊息戰，目的是毀壞民主的基礎建設，這種作為與攻擊實體基建導致生命財產損失都被視為是「act of war」戰爭行為，顯見這個以「銳實力」為名的「代理人」對民主的危害。[4] 美國方面已經

入侵編輯臺

留意到這個警訊，例如美國國務院 2020 年 2 月 18 日宣布把五家中國官方媒體機構：新華通訊社、中國國際廣播電臺（CRI）、中國環球電視網（CGTN）、《中國日報》發行公司，以及《人民日報》發行商美國海天發展公司等認定為「外國使團」，也就是中國政府在美國的代理人，美國官方指控這些媒體直接聽命於中國高層，受官方控制的力量愈來愈強，攻擊性過大。[5]

我們要釐清在臺灣的媒體人或公關公司成為他國的「代理人」能否有明確定義？其數量及效果如何？英國《金融時報》一篇報導曾引發了「代理人」議題兩岸論戰。《金融時報》2019 年 7 月 16 日的報導中，曾引述匿名記者指證臺灣的旺旺中時媒體集團（下稱旺中集團）旗下的「中國時報」及「中天新聞臺」接受中國國臺辦指示做新聞。旺中事後反稱是惡意中傷向《金融時報》駐臺記者席佳琳（Kathrin Hille）提告誹謗，國臺辦受訪時回以「無中生有，別有用心」，國臺辦也一貫批評民進黨政府「通過外國媒體炮製謠言，是拙劣的政治和選舉伎倆」。

不過，無國界記者組織反指旺中集團濫用法律騷擾專業記

3 參見黃恩浩，〈如何管理中資？深度解析美國《外國代理人登記法》立法精神〉，《關鍵評論網》，https://www.thenewslens.com/article/128176。

4 參見賴怡忠，〈賴怡忠：能容許敵對勢力有合法的代理人嗎〉，《蘋果新聞網》，https://tw.appledaily.com/forum/20190725/G4RW6O4KQQWVSSQLDXIEOC6SPQ/，查 考 日 期：2021/11/14。

5 參見〈美國將五家中國官媒列為「外國使團」加強限制中共在美影響力〉，《BBC 中文》，https://www.bbc.com/zhongwen/trad/world-51557712。

者，而且，旺中集團早就一再公開表達親中立場，無國界記者組織反認為《金融時報》的報導合理。臺灣政府當時官方回應指中共代理人的樣態非常多，媒體只是其中一種形式。[6]

2019 年 5 月 10 日臺灣媒體 200 多位媒體人出席在北京舉行的「第四屆兩岸媒體人北京峰會」。該峰會是由中國北京日報報業集團與臺灣旺旺中時媒體集團共同舉辦，目的是「促進京臺兩地媒體交流和文化互動，宣導兩岸媒體人攜手合作，共同為實現中華民族偉大復興創造良好輿論氛圍」。中國國家政協主席汪洋坦言，實現「和平統一，一國兩制」一定要靠媒體共同努力，他並勉勵臺灣媒體業的朋友認清時勢，努力鼓吹國家統一與中華民族復興之間的關聯性，汪洋說的話正可證明金融時報的論點：「歷史會記住你們，你們也將不負歷史」、「雖然在臺灣當前的環境，主張『和平統一』的媒體很不好過，但『艱難困苦，玉汝于成』，正是因為你不好過，將來有一天，如果實現了統一，你的堅持才變得很有價值。」[7]

從前述，涉及中國對臺影響者基於各種因素而人數極多，媒體報導，中國在 2009 年即投入高達 450 億人民幣的經費用於大外宣，金額龐大不輸給實體戰爭的轟炸影響。強大的金錢攻勢得到不錯效果，也有部分媒體證實買方的錢是中國方面的資金或其代理人。學術界中，尤以「孔子學院」出面捐輸大筆經費給智庫等研究單位，甚至影響限制學者教授的言論範圍。

入侵編輯臺

有人說，現在海外的中文媒體版圖是紅色或粉紅色狀態，因為中國強力操控媒體，意圖消除批判中國的負面訊息，重塑正面形象，而且，多數時候還攻擊民主與普世價值，透過政治獻金或經費補助拉攏政治人物與學術圈，嚴重威脅民主體制，介入新聞的運作。[8]

　　我訪談多位媒體人，指出中國對臺政治發動者，有國安部、統戰部、國臺辦、中宣部等。但也紛紛指這些政治運作中間要透過「代理人」，例如向電臺以高價買時段，錢一定不是直接從中宣部等單位撥出的。或者付給網紅或政論人士的高額出席費，也都是透過中間的公關公司或企業界，「代理人」或「中間人」變成媒體人口中威權滲透新聞自由社會的必經節點。

　　像是受訪者 001 號媒體人所說的國安部對臺灣的滲透途徑，現在由第三者臺商成立傳播科技公司，該傳播科技公司再統籌成立十餘個網路媒體，用來散布傾中訊息，這些臺灣的網路媒體或是舊的重包裝、或新創。筆者將這樣的網路媒體 X 傳媒的網站負責人，就歸納為「在臺代理人」。

66

6　參見〈臺灣反紅媒：一篇英媒報道引發的「中共代理人」之爭〉，《BBC 中文》，https://www.bbc.com/zhongwen/trad/chinese-news-49119237。
7　參見宋承恩，〈當媒體自由侵蝕民主，論媒體外國代理人登記制度（上）〉，《獨立評論》，https://opinion.cw.com.tw/blog/profile/462/article/80877。
8　參見〈境外代理人法案」修法刻不容緩〉，《自由時報》，https://talk.ltn.com.tw/article/paper/1303320。

受訪者 007 號媒體人則舉「中評社」網路媒體為例,一位臺灣媒體人於 2008 年出資一百萬元成立臺灣的「中評社股份有限公司」,以網路公司登記,另外,由屬汪道涵系統的香港郭偉峰社長負責出資採買中評社的臺灣新聞。預算原本由香港中國國營事業「首都鋼鐵」等外圍組織負責,一名資深記者月薪大約臺幣八到十二萬元,媒體幹部薪資更高。出資者的資金並非直接從國家預算撥出,但一兩年之後,又變由中國燃氣公司出資,出手大方,甚至招待出遊香港,公司招待食宿。中評社薪水雖然很不錯,但西藏議題、達賴喇嘛、法輪功是絕對禁忌。有一次寫「法輪功」竟還被改成:「邪教組織」。

受訪者 009 號媒體人則表示,「意見領袖的收買、滲透」已經影響選舉及政府政策,甚至中國直接給媒體人金援及補助。例如聯合報和中國時報,就被監察院調查曾收受金援,從事來自中國官方機構委託進行置入性行銷,旺旺集團子公司的中國旺旺,也被香港政府部門公布的資料證實,長年收受中國高額補貼(前面提及的旺旺中國 2007 至 2018 年財報顯示,11 年來領取中國政府補助金約新臺幣 152.6 億元)。長期金援下,相關媒體以不牴觸中國為原則,甚至在兩岸議題上淪為中共的發聲筒。009 強調,最明顯的案例,是他在一個採訪場合聽到現場權威人士指出,臺灣一位主持人拿到了對岸方面兩億元補助,後來這個說法也在媒體圈廣傳。

三、以商逼政的現實

新聞界曾有一項判決也讓媒體新聞與業務配合成為「法院認證」的公開事實。判決指出，中國時報解僱其美食旅遊記者陳志東的理由是，該記者公開發文透露報社內部的業配工作，這涉及「洩漏營業秘密」，不過，一審的判決書指出，記者被要求拉廣告做業務配合已有許多文章公開討論，甚至還出現所謂「葉佩雯」（業配文）等揶揄之詞，業配行為不算營業秘密。該記者歷經多年努力終於打贏了官司，依法獲得補償。

但，此時的新聞業配風氣早已瀰漫媒體環境，成為眾人眼中「好做不好說」的公開秘密。[9]這樣廣告可以買、新聞可以買、節目也可以買的媒介怪現象中，聯利媒體公司旗下 TVBS 歡樂臺曾播出《女兵日記女力報到》，內容中意外出現男女主角赴臺中，在花博拍婚紗照時巧遇臺中市長盧秀燕的畫面，被國家通訊傳播委員會認定為置入性行銷並開罰 20 萬元。聯利之後提出訴訟，但遭臺北地院認定 NCC 裁罰無違，因而判聯利敗訴。[10]

❝

9　參見蔡正皓，〈媒體的置入性行銷也受新聞自由保障嗎？〉，《關鍵評論網》，https://www.thenewslens.com/article/104789。

10　NCC 認定是盧秀燕市長與臺中花博的置入性行銷，刻意影響節目內容編輯，且未依規定於節目播送前後明顯揭露置入者的名稱或商標，依「電視節目廣告區隔與置入性行銷及贊助管理辦法（置入贊助管理辦法）」規定，對聯利裁罰 20 萬元。參見溫于德，〈盧秀燕在戲劇露臉被認定置入性行銷　電視臺挨罰興訟敗訴〉，《自由時報》，https://news.ltn.com.tw/news/society/breakingnews/3664589。

臺灣媒體在自由競爭下，如上所述行之有年的「業配文」從各類產品、選舉政治人物；這樣的媒體環境給他國政府來臺灣媒體「置入性行銷」的機會。監委吳豐山曾提出糾正案，指出臺灣媒體違法接受中國各級政府「收購」報紙版面，陸委會也沒有積極處理查辦，廣告化成虛假專題以置入性行銷橫行氾濫，吳豐山指出，依現行的兩岸人民關係條例，以及大陸地區物品勞動服務在臺灣地區從事廣告活動管理辦法的規定，臺灣媒體不得刊登位於中國地區的房地產及招商廣告。但，現實情況卻是只要有中國各地的首長或副首長等重要官員來臺訪問，隨處可見臺灣媒體配合以專題報導，甚至為他們刊登招商引資的廣告。

　　例如 2010 年，中國時報就在 9 月 13 日、17 日刊登了西安與陝西的專題報導，湊巧聯合報也在 8 月 3 日、8 日刊登湖南的專題報導。監委吳豐山出示了一份合約書，內容指出，旺旺中時透過在中國北京的自家公司承接與招攬中國官方的廣告業務，到手之後再轉包給臺灣其他媒體，價格通常是行情價的兩倍以上。中時與聯合報的契約更載明了「付款方式，以匯款方式支付」，也證明了現在媒介會「以金錢購買新聞」，進行置入性行銷。[11] 監委另調查提到，政府可以堂堂正正做廣告，就像很多廣告片段最後都會標示由哪個單位提供，提醒絕不能買新聞，因為前人很努力推動黨政軍退出媒體，現在，如果政府花費人

民的稅金操作新聞置入就是欺騙人民，「就像吸食安非他命，雖會覺得很爽，卻已嚴重傷害國家的體質。」

更誇張的是，紐約時報甚至公布中共大外宣的價目表，包括「註冊境外社交平臺」、「境外社交平臺帳號偽裝及維護」就可以分別得到一個月臺幣約 2.2 萬元，此外，創造一支影片則可以得到臺幣約 17.5 萬元。上海市公安淵東分局的招標公告上指稱這是「輿論技術服務」，還要求社群平臺每個月要註冊或購買至少增加三百個帳號，每個月要保證粉絲數不斷向上成長，這些帳號或粉絲的目的就是要說中國好，打擊不利中國的負面訊息。[12]

11　參見曾韋禎、蘇永耀、趙靜瑜，〈中國來臺置入行銷橫行 監院糾正陸委會〉，《自由時報》，https://news.ltn.com.tw/news/politics/paper/443055。

12　參見 Muyi Xiao, Paul Mozur and Gray Beltran, "Buying Influence: How China Manipulates Facebook and Twitter?"，*The New York Times*，https://www.nytimes.com/interactive/2021/12/20/technology/china-facebook-twitter-influence-manipulation.html。

四、不再報導法輪功的媒體人

　　2021 年 11 月 24 日晚上，由政府出資管理的公共電視《獨立特派員》節目，其中的第 726 集以「共機頻繁擾臺，背後可能有哪些意義？」為題，這則新聞專題引爆討論，網路嚴詞質疑是公視還是「共」視。這則專題由資深記者製作，訪問前空軍作戰司令李貴發、中華戰略學會研究員等人，該影片強調共軍來臺灣的防空識別區西南不是進入領空，主張我方不必升空。李貴發前司令則向政府喊話「你不要一直拿針戳人家」、「他是大國你是小國」等，並在專題第 11 分鐘時抨擊前總統陳水扁時代的國防部長竟去開總統動員月會唱國歌沒有接他的致電，前飛官且公開說「最佳的國防是去回歸到外交」、「外交是穩定的，國防經費就可以不用花費那麼多」等等。

　　這則公視報導引爆網友質疑「拿臺灣稅金竟在公視散布投降主義？」更有網友質疑影片只找了中國立場的退將專家論述。網友謝昆霖最早在臉書截圖質疑這篇採訪，質疑幾個公視提出的觀點，大意如下：

　　臺灣不該擴大國防投資、我國 ADIZ 航空識別區西南應讓給中共、不該強化國防像針刺一樣地刺激中共、美國就是要臺

灣買美國武器、美中衝突幕後黑手是美國軍武包商、臺灣應該去日本那邊釣魚臺空域演習、殲二十臺灣看不到防不住、臺灣人要安身立命。謝昆霖呼籲，多一點人從不同觀點瞭解納稅錢養的公視產製的節目。這篇貼文獲得千人以上按讚、六百多人次分享，多家媒體轉載討論，公視翌日晚上終於下架該爭議影片，但未承認有錯或傾中，而是強調會再開會討論。這引起了更多的爭論，網友在影片下方留言：「單元一內容很有問題吧？拿臺灣的稅金散布投降主義？訪問跑去中國政論節目撈錢的臺灣退將說國防不必重視？」、「他們沒有播出的真相是『所謂可以放棄的西南角』也包括東沙群島在內！放棄防衛那裡，剛好讓中國不費吹灰之力攻下外島，真厲害。」也有網友認為影片採訪的專家站在中國立場。

對此，公視獨立特派員表示，影片播出後收到許多閱聽眾的不同意見，經開會評估決定先從網路下架重新審視檢討，未來也將在公視「節目暨新聞自律委員會」詢問學者專家不同意見。聲明中表示，國防安全是捍衛臺灣民主最重要防線，攸關國家發展，獨立特派員將持續關心。

雖然如此，在下方的留言還是很生氣，例如有：納稅公民有權調查公視是否被中國滲透、是中共發包給公視製播的統戰節目是不是？、公視變成公「共」電視嗎？、不說還以為看到了中國的央視？上述疑問都質疑公視是不是「傾中」？ [13]

此處的爭論帶出另一個議題，即臺灣媒體編採是不是傾中？觀察近年的一些事件，例如英國《金融時報》報導認為：政治人物韓國瑜重返政壇紅極一時的主因，認為是中天電視臺、中視，自 2018 地方選舉力捧創造「韓流」，才協助韓國瑜擊敗另一候選人郭台銘。前述《金融時報》記者席佳琳當時以「Taiwan primaries highlight fears over China's influence on media（臺灣選舉要提防中國對臺媒的政治滲透）」為題，報導指她採訪不具名記者，證實中國國臺辦和對岸官員可以聯繫媒體高層指示新聞報導方向和內容，報社的幹部直接聽命於「國臺辦」，即中國政府主管臺灣事務的單位。金融時報新聞引來各國媒體討論，中國時報按鈴控告金融時報的記者和轉引的中央社社長等人。臺北地檢署傳喚席佳琳出庭，她提出採訪時手寫的筆記內容，強調已合理查證，但不透露消息來源的身分，2021 年初，中天和中時雙雙低調撤回告訴。原因則沒有對外說明。[14]

　　從一些研究中也可以看出強調中國國臺辦介入臺灣媒體日常的觀點，例如記者所撰「評比新疆維吾爾族面臨的政經失衡情況」，結果中國官方不接受新疆事務被批評，當時國臺辦主任就打過電話直接「關切」該媒體集團高層長官，再由內部幹部代為警告記者。這樣的一套做法，自然而然就形成了編採傾中的「自我審查」之風氣（李嘉艾，2015）。

入侵編輯臺

另有研究學者透過問卷調查與深度訪談，認為在臺灣新聞媒體圈，基於中國因素導致自我審查（與置入行銷）相當普遍；多數受訪者都承認，儘管有這種現象，自己並不認同，也無法接受，會消極抵抗的策略（黃兆年、林雨璇，2020）。

　　受訪者 004 號媒體人坦言，新聞傾中是一步步來的，新聞自由也因此受到部分影響！在幹部跟記者互相提醒之下，原本堅持的新聞內容開始「主動不去做」，有些是「大陸不喜歡的內容事情」例如香港抗議事件等，記者們也主動不去採訪。004 媒體人說：「大家會自動遵循中央的政策，這就是中國控制我們這些港澳媒體的方式」，因為公司的影片要到中國落地才有市場及收入。他進一步提到，監看他們媒體的是「中宣部」的人。例如，當時該電視臺買了臺灣某電視臺的節目至中國播放，但在一次的對白中出現一句話，主要演員說了一句：「臺灣是一個民主的國家」沒被刪掉，正常情況下編輯臺都會刪掉其聲音及文字，但那次沒有刪掉，因此遭中宣部「嚴重警告」，如果再犯就可能撤照，那一次，嚴重到買片、審片的人全部送調查，之後，該電視臺就決定再也不買臺灣影片，以避免身家受調查。

❝
13　參見吳賜山，〈公視怎麼了？「獨立特派員」談共機擾臺宣揚投降主義？〉，《Newtalk 新聞》，https://newtalk.tw/news/view/2021-11-25/671845。
14　參見廖元鈴，〈找到中國操弄臺灣媒體的證據？金融時報：中時記者透露「國臺辦」天天打電話下指示〉，《今周刊》，https://www.businesstoday.com.tw/article/category/161153/post/201907170055/。

受訪者 005 號媒體人表示，在系統之中他沒有收到中方及長官特別指令，接受指令的通常是同事中「特定意識形態比較配合、比較有默契的幹部同事」。他認為影響新聞的力量最大的在這兩三年（約 2020 年前後），因為兩岸經濟此消彼長。過去以下廣告控制新聞方向，現在由親中商人直接買中時報系就不必再下廣告。「旺報」從 2009 年就轉為側翼的角色。他坦言，上述訊息是由被要求去處理傾中新聞的當事人告知。

五、小粉紅趕往戰場中

　　2019 年 9 月 28 日，蘋果日報的網路及 APP 又被駭客入侵，從早上 7 時開機的頁面辱罵壹傳媒集團創辦人「黎智英叛國亂港」、「毒蘋果」、「顛倒黑白亂人心」等字樣的不明廣告，另外在欄目上也出現「請蘋果好自為之」、「痛改前非」的字樣，甚至出現「中國」與五星旗的條目。《蘋果》當時社長陳裕鑫譴責這種駭客行為，並表示《蘋果》絕不會屈服這種壓力及干擾，反而會更挺直腰桿，積極揭弊，捍衛民主。這並不是蘋果日報網站第一次受到駭客攻擊而癱瘓，香港蘋果日報網站亦曾疑因挺占中多次遭受駭客攻擊，臺港兩地的蘋果日報網站也多次遭到來自中國的攻擊。[15] 一般認為，造成網站癱瘓可能肇因於中國駭客為了阻止蘋果日報發表對中國不利的言論。

　　除了動用駭客直接攻擊，暴力事件也出現在涉中議題，中國節目 2017 年進臺大辦活動，引發臺大學生群集表示異議，「中國新歌聲」的臺大現場竟出現流血打架，學生指控中華統一促進黨涉嫌打人，但該黨領袖張安樂則公開喊說「打得好！」。[16]

15 參見羅正漢，〈遭受駭客攻擊！臺港蘋果日報 App 及網站服務受影響〉，《iThome》，https://www.ithome.com.tw/news/133325。

16 參見王冠仁，〈統促黨成員持甩棍打人，張安樂：打得好〉，《自由時報》，https://news.ltn.com.tw/news/politics/breakingnews/2203977。

從以上兩個案子可以看到，一旦有不利中國的因素出現，來自中國（或受其指派／影響者）就會直接攻擊。美國企業研究所（The American Enterprise Institute, AEI）研究員馬明漢（Michael Mazza）曾指出，他在臺灣的大選中看到幾種中國的影響力作戰方式，例如：中國動用犯罪組織的人脈，黑道出經費動員人民到場參與抗議活動或遊行。另外，中方也提供地下賭盤的誘因，兩岸遙控對於特定候選人提供高賠率，以賭資公然改變閱聽人的投票意識，改變其認知模式。[17]

　　威權政府利用外圍黑道達成政治目標，由來已久。例如1927 年國民黨利用杜月笙發動政變，逮捕共產黨與國民黨內部的反對派。臺灣則有 1984 年「江南案」。情報局指示竹聯幫派出刺客，暗殺正在撰寫博士論文的劉宜良，主要罪名居然是因為他「不忠黨愛國」。兩名竹聯幫的刺客只簡易偽裝，在美國舊金山大街上，直接用左輪手槍向劉宜良的身體開了三槍。這些鮮明的例子告訴我們：黑幫成為政治人物達成政治目標的工具絕非新鮮事，在民主自由的保護傘下，威權政府可透過「代理人」來干預臺灣民主。

　　在媒體方面，大馬知名歌手黃明志邀請陳芳語合唱〈玻璃心〉，歌詞公開酸中國網民「小粉紅」太玻璃心，這首歌曲立刻在微博「被消失」，黃與陳兩名歌手在中方微博帳號隨即被關閉。不只如此，在中國所建造的網路長城內，〈玻璃心〉已

　　　　　　　　　　　　　　　　　　　　　　　　　入侵編輯臺

被移除得一乾二淨，無法再看到具體的內容，只空留一些網友痛罵兩人的訊息，以及那些指責他們活該被封號的留言。威權中國的威脅全面襲來，黃明志、陳芳語的作品全面被 QQ 音樂、騰訊、酷我、網易等中方平臺處置，像是祭出全面下架或禁止播放的措施。[18]

　　這種一得罪中國就會被暴力相向、網路霸凌的情況愈來愈多，值得重視的是，作用力也會帶來反作用力，最近的「天下圍中」趨勢讓反作用力增加，一貼上「辱華」標籤反而帶來高支持度，前述的〈玻璃心〉成為最新「辱華神曲」，發布 6 天點閱人數竟突破 1,000 萬，兩週後突破 2,000 萬，如今已衝至 6,719 萬次以上點閱數（2023.02）。反華的反作用力隨著民主價值與威權對壘的風向清晰，那麼，民主與威權陣營過去在網路上匿名交鋒的時代全面襲來，系統性的對立之後，暴力、駭客排除異己的動作也可能加大。而在臺灣社會，愈是大動作違法排除異己，其反作用力更加明顯。

"

17 參見仇佩芬，〈宮廟、賭盤、黑道全滲透　美學者示警：中國靠草根組織綁架臺灣政局〉，《上報》，https://www.upmedia.mg/news_info.php?SerialNo=77307。

18 參見楊昇儒，〈黃明志玻璃心開酸，微博隨即下架〉，《中央社》，https://www.cna.com.tw/news/firstnews/202110160141.aspx。

六、從國產疫苗論戰談起

2008 年 12 月,中共國家主席胡錦濤在中央電視臺 50 週年賀電要求:「把中央電視臺建成技術先進、訊息量大、覆蓋率廣、影響力強的國際一流媒體」,中央政治局常委李長春則另外於中央電視臺建臺 50 週年大會指示:「朝向傳統媒體與新興媒體『融合發展』轉變。」過去是以中國境內閱聽人為主,未來則朝向國內國際都要重視。李長春指示要求央視轉型成為有新技術的現代傳媒,並且必須在重大突發事件第一時間發出中國人觀點、掌控主動的話語權。

不只如此,中共中宣部部長劉云山 2009 年在第 1 期《求是》雜誌下達指令:「提高輿論引導能力,掌握話語權、贏得主動權。建設語種多、受眾廣、信息量大、影響力強、覆蓋全球的國際一流媒體。這一系列的指令,到達中共國家主席習近平。」(周翼虎,2011:11-12)2013 年 8 月 19 日指令更明確,要中國融媒體務必講好中國故事,強化中方在國際上的話語權。

從描述大致可以掌握到中國設定的目標,就是在媒體領域建立自己完全掌控的系統,並透過這套機制推播有利自身的訊息。就是做到媒體領域的「產銷生態控制」。

受訪者 002 號媒體人認為要達成威權政體的產銷生態控制，必須有意識型態、政治力量加上錢，三者為威權政體運用，才形成滲透進臺灣的三項力量。例如電子媒體要去中國賺錢，要賣連續劇，從鄧麗君的歌進到中國，為了到中國去落地，結果導致在臺灣的節目受中國「統戰部」控制。例如中時的余老闆當年想去北京辦報，旺報等於跟中國一致口徑的媒體。例如聯合報部分意識型態與對方契合。第三種力量就是政治力，例如黑道系統也需要資金，接著組織系統也因此被滲透。背後代表的可以說是一種「以商業模式做統戰」的運作模式，也就是要建構整套政商關係網路、在地協力網路等，以商圍政達到以商逼政的全套產銷生態控制。不論直接施力或間接施力，新聞媒體效應放在整個社會架構之中，同步受產業、意識形態、宗教、社會組織互動的影響。

　　根據受訪者 006 號媒體人的意見，他認為中國的滲透各方襲來不只是媒體，例如以前發現中午吃飯的店家，將電視一直調到中天臺，可能就是滲透收買。中國「大外宣」十年來力量入侵各媒體比例不同。例如也有周刊同仁違背長官交代，接受對方落地招待還發廣告文，違背了周刊要求不能索取小利小惠的專業媒體義理。相對於有錢人併購媒體買股權、任用記者、或者用錢收買記者。006 媒體人認為，在全套產銷體系中尤以「無形的交代干預影響深遠」，他曾去中國旅遊竟遭地方文化

單位點名關切，深刻瞭解「我是被掌控的」不禁心生害怕。這種新聞滲透影響所及，例如抗戰英雄戴笠將軍的新聞本來做得很平實公道，結果新聞被中國方面審查更明顯，描述戴笠將軍的影片在中國遭重新剪輯，論述竟完全相反，影片變成批判戴笠將軍是個「爛人」，在這樣威權體制下新聞很難再中立。

從 2008 年底大外宣政策成形到此刻 2023 年，十五年來中共透過講故事鉅額經費全面向世界宣傳滲透中國價值觀，宣稱二十一世紀是中國人的世紀。2009 年曾傳出大外宣投入人民幣 450 億元（約新臺幣 1,900 億元），在各洲各國推出執行「中國對外宣傳大布局」計畫。有一個畫面曾引起西方討論，另一媒體《人民網》更於紐約繁華的曼哈頓帝國大廈，租下了第 30 層高樓發展業務，而「新華社」北美總分社進駐時代廣場，2011 年進一步在美國跨年象徵的時代廣場刊登廣告，那一幕，彷彿提醒資本主義的美國媒體及閱聽眾：中國進攻到了紐約財經中心。美中關係中心（Center on U.S.-China Relations）主任夏偉（Orville Schell）受訪時坦言，美國的媒體王國好似喜馬拉雅高山的冰川逐步冰融，可是，中國媒介卻全境對外擴散，在全球任何有信譽的新聞場域搶下一席之地。中國當然會進駐紐約時代廣場，進占任何有指標意義的地方正是中方所樂見擅長的。

2021 年 12 月美國召開全球的民主峰會，卻特別避開中國。

似乎中國的做法反而招致各國不滿，當 252 間孔子學院進入各國校園宣揚漢學，當中新社、央視報導中國人的世紀全球都來學中文。這些大外宣經費拿來買新聞、買股權、操控新聞產銷結構時，有了作用力，但可以想見也一定會出現反作用力，說了太多虛假的好故事，也可能意外地引發反彈。

美國皮尤研究中心（Pew Research Center）民調數字指出，隨著中國對外公眾外交大外宣不斷進展，但很多發達經濟體對中國的不滿逼近了歷史高峰。在 17 個發達經濟體民調顯示，閱聽人對中國負面看法的平均值是 69%。其中，美洲的負面數字是：美國 76%、加拿大 73%。歐洲平均值 66%，依序為瑞典 80%、荷蘭 72%、德國 71%、比利時 67%、法國 66%、英國 63%、義大利 60%、西班牙 57%、希臘 42%。

與中國接近的亞太地區，持負面看法的平均值 73%，日本是最討厭中國的亞太國家高達 88%。接序為澳洲 78%、韓國 77%、臺灣 69%、紐西蘭 67%、新加坡 34%。回顧 2005 年開始的調查，各國對中國的負面觀感已遠比當年高出 20 個百分點。2020 年到 2022 年是各受訪國對中負面看法最高峰，尤其在加拿大、日本、韓國及另 5 個歐洲國家。甚至，其他地區對中負面觀感也在 2018 年後不斷上升（整體情況請參見圖 5-1）。[19]

"

19 參見林孝萱，〈17 先進國家民調　69% 討厭中國、77% 不信任習近平〉，《nownews 今日新聞》，https://www.nownews.com/news/5312581。

圖 5-1　各國對中國抱持負面看法的比例

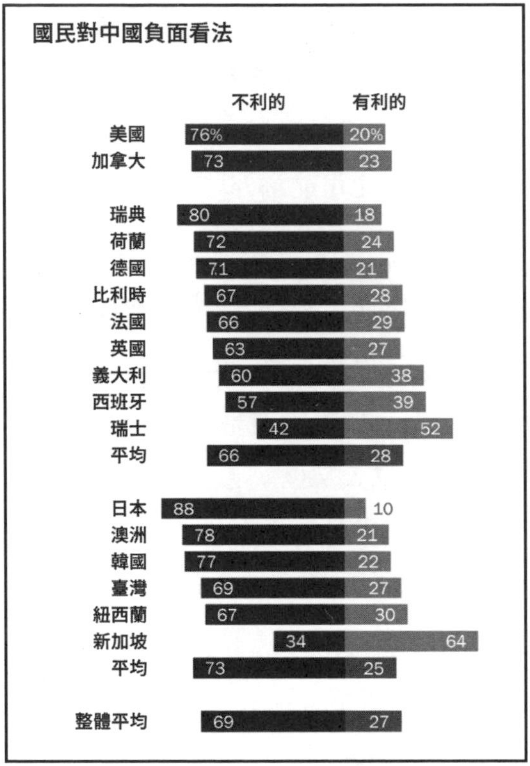

國民對中國負面看法

	不利的	有利的
美國	76%	20%
加拿大	73	23
瑞典	80	18
荷蘭	72	24
德國	71	21
比利時	67	28
法國	66	29
英國	63	27
義大利	60	38
西班牙	57	39
瑞士	42	52
平均	66	28
日本	88	10
澳洲	78	21
韓國	77	22
臺灣	69	27
紐西蘭	67	30
新加坡	34	64
平均	73	25
整體平均	69	27

資料來源：皮尤研究中心，轉引自林孝萱，〈17 先進國家民調　69% 討厭中國、77% 不信任習近平〉，《nownews 今日新聞》，https://www.nownews.com/news/5312581。

　　或許是因為愈來愈多人覺醒了，大家開始留意到中國因素的背後隱藏著威權意識的滲透，尤其是發現媒體領域原來已遭中國影響如此之鉅。以臺灣來說，2008 年到 2015 年臺灣的「積極新聞自由」倒退，在中國經濟崛起、臺灣擴大對中國依賴，中

國方面找到代理人、買股權、下廣告、資本投資等，以市場利益收編了部分臺灣媒體。臺灣媒體為了極大化企業利益，傾向塑造有利於北京的企業結構及市場結構，造成外導型自我審查，媒體集中的惡化（吳介民、蔡宏政、鄭祖邦編，2017：435）；也有人發現，中國影響力在產業層級滲透進來，例如電視臺因節目共同製作或買賣而與中國電視臺建立緊密關係，又或者電視臺可以透過外銷電視劇打開中國市場，就有電視臺為了賣娛樂節目給中國的意圖而干擾政論節目不能獨立製作（吳介民、蔡宏政、鄭祖邦編，2017：465-471）。

這種透過資本手段來達到實質影響乃至控制的做法，講白了就是中國政府以商業模式做統戰，做法可以直接施力，也可以間接施壓，第一層環節是建構「跨海峽政商關係網路」，第二層是在臺灣培育「在地協力者網路」，使其成為中方操作影響力的槓桿，進而執行其政治目標。這就是中國「以商圍政」策略，本質是以商業行為（資本運作）來包裝政治影響力與意識形態。吳介民認為，中國政體結合了列寧主義式黨國體制與國家資本主義，政治權力與經濟資本高度鑲嵌。中國對外統戰塑造了跨海峽政商關係網絡，以「讓利」、「惠臺」為名，達到以商逼政（吳介民、蔡宏政、鄭祖邦編，2017：421-422）。

有人發現，中國間接操控媒體甚至比直接掌控媒介更細緻的手法，透過外部及內部手段，例如把審查工作外包給網路服

務公司，並擴及海外；中國對臺就是這種以商業模式，控制產銷結構來進一步影響新聞及內容。換言之，以商業模式包裝其政治目的，完全依附於中國政府（Kurlantzick et al., 2009:13-18）。

從實際案例來討論就更為明顯，國際矚目的中國代理人「王立強」案件顯示中國過去較依賴在地協力者，現在還有了用「間諜與代理人」新方式直接攻入影響滲透臺灣社會，其中，臺灣對香港一向採較寬鬆上網登錄的入出境政策，竟成為威權滲透的最關鍵門路。自稱中方間諜的「王立強」2019 年在澳洲自首指出他被香港「中國創新」負責人「向心」吸收成間諜，在媒體業投下經費使中國得以遠端遙控媒介，不只廣告還影響內容。[20] 此案更可以做為中國以威權非法管道滲透影響臺灣的指標。以前對臺滲透要經過「在地協力者」方得以切進臺灣社會影響閱聽人認知，也因為協力者利益交換多在境外而難以追查。但，王立強事件可看出，香港可以網路登記即入臺——「中國對臺操作經濟、政治、情報，香港的『境外』特質非常重要，中方可以藉由香港這個跳板，做到洗產地、洗資金、洗身分等等」。

澳洲媒體指出，因中國籍「王立強」向澳洲安全情報組織請求政治庇護，指證向心乃是受中國國防科學技術工業委員會上將主任丁衡高，以及其副主任聶力所指派，運用在香港的人脈關係，以商業手段掩護，購買臺灣電視節目，或透過廣告合

作等方式，把錢匯給臺灣媒體，促使臺灣媒體報導中國政府想傳達的訊息。向心夫婦另收購網路公司指派陳姓人士成立多個臉書社團，2018 年以陸海空戰方式干擾臺灣大選，在臺灣、中國及香港成立 20 多萬個 YouTube 及臉書帳號散布假訊息，「海戰」是提供資金給特定候選人，「陸戰」則是組織外籍學生、廟宇為特定候選人站臺。

這個案件歷經年餘審查，臺北地檢署以「洗錢」罪嫌起訴向心夫婦，其他國安法等被指控的滲透行為均因無證據不起訴。不過起訴書中指出，向心手機通訊記錄有前人民解放軍總裝備部整合局副局長、現任中國人民解放軍軍事科學院防化研究院少將院長祁家毅聯繫記錄，對話記錄提及多名將軍與「軍民融合」事宜。被指控洗錢的房產位於臺北市信義區「冠德遠見」一戶約三億豪宅之中，確有網路公司租用上班。只不過，網路公司的業務是否涉及對臺的大外宣或資訊戰，是否有網路公司協助建置給臺灣政治人物臉書？是否「斗內」政治網紅則沒有有效證據。[21]

這種模式目前可以藉由觀察推測其運作路徑，但難以取得

❝

20 參見繆宗翰，〈吳介民：王立強案揭開觀察中國對臺滲透新窗口〉，《中央社》，https://www.cna.com.tw/news/firstnews/201911270232.aspx。

21 參見林長順，〈向心夫婦被控違反國安法　北檢不起訴處分〉，《中央社》，https://www.cna.com.tw/news/firstnews/202111120032.aspx。

物證，關鍵原因在於，協力者和中方的利益交易多在境外。此案與中國軍方有關的向心夫婦長期在臺置產，網路公關公司也設於其豪宅中，中國對臺滲透的程度已形成新產銷結構體系，中國方面人士已可以直接透過網路申請入境，在臺成立網路公司，至於有沒有影響大選及散布假訊息？僅是要或不要的問題罷了，其運作路徑參見下圖 5-2：

圖 5-2
直接施力與間接施力：中國對臺灣施展政治影響力的機制

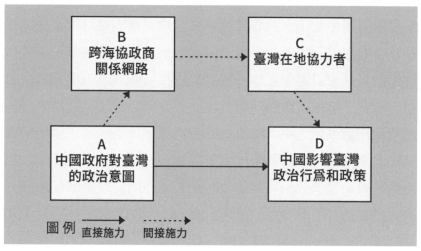

資料來源：吳介民、蔡宏政、鄭祖邦編（2017），《吊燈裡的巨蟒》，新北：左岸文化，頁 36。

受訪者 011 號媒體人也表示，2008 年北京奧運轉型成功的報導在臺灣相當誇大，加上 2009 年中國電視劇在臺播映，如《步步驚心》、《后宮甄嬛傳》、《羋月傳》等都呈現泱泱大國進

入侵編輯臺

步形象。2013 年起湖南衛視掀起「歌唱節目」流行浪潮，2018
年透過《你和我的傾城時光》電視劇來夾帶「一帶一路偉大思
想」，這些大外宣實例愈來愈多，對臺灣影響日深。從政治經
濟等各管道鋪天蓋地滲透影響每個層面及新聞界，此外，中資
及臺商透過投資，或者利誘威脅新聞界媒體，就以這樣的全方
位滲透模式不斷影響臺灣的閱聽眾。

　　不只電視，年長者較常聽的廣播電臺也如此，受訪者 012
號媒體人表示，中國出資一到兩倍金額來臺灣的廣播電臺買時
段，節目裡大談「中國與臺灣血濃於水」。他說，當時電臺因
此徵求大學生及年輕人「免費」去對岸接受招待。這些廣播媒
體經費雖來自中國，但都會有「中間人、臺灣代理人」來聯繫
仲介，進電臺的資金絕不會從中國直接進媒體，中間都有經一
手所以沒有違法之虞。他坦承，被收買之後的新聞就會比較偏
向對岸立場。又因為經費充裕，二十分鐘的廣播電臺節目做得
非常精緻，雙方各派出一位主持人電話連線，大談兩岸節慶的
文化生活，介紹藝文活動，有時談青創新創，宣傳對岸的優惠
措施，公布對臺商的辦公用地減免優惠。他並認為，這些跟臺
灣電臺合作的對岸電臺，節目製作方式比較像臺灣的早期廣播，
相較下，臺灣節目還是比較生活化。但這些節目因為要在臺灣
播放，節目中如果使用到對岸用詞如「內地」「大外宣」等關
鍵字，電臺也會修飾剪掉，以免臺灣聽眾不習慣或被發現。

綜上所述，先前學者吳介民等所繪的直接施力與間接施力圖，現在有了更新轉變，因為社交軟體可以直通臺灣閱聽人，還可以透過境外資金「斗內」贊助臺灣網紅，甚至臺灣的部分媒體人跨海接受資金成立「X 傳媒」，內容專供兩岸議題不同看法，許多的施力點更加精準、更加直接，筆者改繪如下圖 5-3，實線 ⟶ 即為中方可以直接影響到臺灣內部的媒體內容與細節。

圖 5-3
直接施力與間接施力：中國對臺灣施展政治影響力的機制（修正）

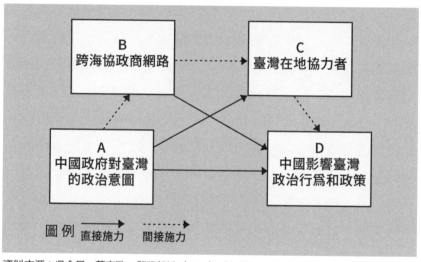

資料來源：吳介民、蔡宏政、鄭祖邦編（2017），《吊燈裡的巨蟒》，新北：左岸文化，頁 36。

更有甚者，以對媒體業的產銷生態控制為基礎，透過在地協力的模式，配合中國對臺灣統戰，將滲透擴及其他面向。研究中共的影響力作戰的美國智庫美國企業研究所客座研究員馬

　　　　　　　　　　　　入侵編輯臺

明漢指出，中國與臺各地的地方組織、宮廟宗教人士長期建立草根互動，中方招待旅遊等發展出控制基層組織的不同綿密系統，從這個基礎一步步扭轉過去草根政治，建立傾中脈絡。[22] 中國透過商業方式招待、接觸、影響的模式，一點一滴滲透進媒介幹部、基層組織、社會體系等社會的產銷體系。

從一些報導中即可見端倪，特別是中方的「夾娃娃」計畫引來批評。習近平 2019 年 3 月 19 日在北京召開的「中國思想政治理論課教師座談會」竟公開說，因為要培養一代代擁護中共領導的人，所以正式提出「旗幟鮮明地從娃娃抓起」的構想，中國的娃娃可以輕易夾起，但臺灣的「娃娃」還要透過臺灣內部力量來協助，最佳角色是由臺商負責代理仲介臺灣的娃娃去中國被洗腦。有媒體及投書指稱，臺商「偉 X 公司」公開贊助通霄國中，有美術班 72 名學生及 6 位老師，另有通霄國小壘球隊 20 位學生、7 位家長及 3 位老師，這些所謂的「夾娃娃」計畫被安排到福建平潭交流，學生交一千元「校外教學費」就能吃住，例如他們在 2019 年 10 月即參觀福建平潭島五天四夜。同樣手法愈來愈多，2019 年 3 月暑假，這次的名義是去「移地訓練田徑」，日南、沙鹿和立新國中的田徑隊由「緯 X 企業」贊助，也來到了平潭島展開移地的運動練習，名目各有不同。

"

22 參見仇佩芬，〈宮廟、賭盤、黑道全滲透　美學者示警：中國靠草根組織綁架臺灣政局〉，《上報》，https://www.upmedia.mg/news_info.php?SerialNo=77307。

中國透過臺商系統發展出一套完整的「夾娃娃」的教育產銷體系機制。[23] 創業青年也是如此受到滲透，福建平潭綜合實驗區管委會補助經費，由臺灣人力資源公司或親中個體戶承包。通常分為四天商務團及 15 天「洗腦團」，15 天團限首次赴中者只需 8,800 元，甚至在 2019 年十月到十二月限期大降價只要 2,800 元，而平潭來回臺北的船票就要 3,500 元。曾自費參加者說吃住不錯只是內容無聊，多數在上樣板創業課程，團員藉此去中國開戶、辦手機或地下匯兌。這些參訪團宣稱參訪後可在平潭面試就業，而且每年可以拿到 20 餘萬元的臺人生活津貼、年薪百萬以上，甚至創業可以提供百萬啟動基金、免租辦公室等優惠。[24]

這種系統性的組織滲透，對象包括退休軍公教人員、社區發展協會、農漁會、學校與宮廟等，當中尤其宮廟、里長與大學教授這三類最為顯著。[25] 此外，臺灣的基層組織「村里長」也是整個產銷體系中被滲透的一環，竟有基層里長一度兼任中國福建平潭「執行主任」，被稱為同時領兩份薪水的「雙棲里長」。還有獲習近平接見的里長公開組新政黨，中國軍方竟協助號召臺灣村里長加入這個新政黨，這些資料在解放軍的「中華臺北村里長聯合總會章程」清晰可見，他們用旅遊包裝交流活動，目標是要擴大可以影響的臺灣村里長組織。例如，臺北市百餘位里長遠赴上海旅遊六天五夜，只要付一萬五千元，其他均接

入侵編輯臺

受中方招待，上海臺辦還製作「中國統一是責任」字條要求里長們一起大合照。[26]

　　將焦點拉回到媒體，究竟這種產銷生態控制是否真能發揮影響力？前述的脈絡是危言聳聽還是真實存在的？這裡以國產疫苗為例來討論。TVBS 電視臺在臺灣疫情開始詢問受訪者願打什麼疫苗，其中，願意打臺灣高端疫苗的有 48%、美國輝瑞 46%、臺灣國光 43%，中國疫苗僅 10% 願意施打，81% 不會打中國疫苗。但，國人對國產疫苗的信心，到了七月有了大幅度翻轉，另一家民調中心指出，12.8% 非常有信心，31.5% 還算有信心，25% 不太有信心，23.7% 一點也沒信心，7.1% 沒意見。這份民調指國人對國產疫苗有信心者比起三個月前流失 24.3 個百分點，相當於近五百萬人，沒信心者比有信心者多。這些數字變化，生動述說國人對國產疫苗戲劇性信心崩盤。[27]

　　從對國產疫苗很有信心到信心崩盤只要幾個月，而且是在國人需要疫苗的同時，甚至有自稱實驗室洩秘的國產疫苗沒有

"

23 參見郭燕霖，〈是教育統戰？還是交流統戰？〉，《自由時報》A18 版，2019 年 10 月 22 日。
24 參見黃佩君，〈中國統戰團選前大降價，15 天洗腦團只要 2 千 8〉，《自由時報》A4 版，2019 年 10 月 31 日。
25 參見塗鉅旻，〈對抗中國資訊戰，學者：我方內賊太多〉，《自由時報》A4 版，2019 年 9 月 5 日。
26 參見孔德廉，〈從「雙棲里長」到「里長組黨」，中國因素如何深入臺灣選舉基層？〉，《報導者》，https://www.twreporter.org/a/2020-election-chief-of-village-party-united-front-china。
27 參見〈新冠肺炎疫苗施打意願民調〉，《TVBS 民意調查中心》，https://cc.tvbs.com.tw/portal/file/poll_center/2021/20210407/144e0ebeb0205b4a98e9d3b26d0f29d0.pdf。

保護力的假訊息，事後都經中國時報等轉發，官方證實是捏造的，因此高端公司去狀告在臉書上捏造訊息的前中天記者及中國時報。資深媒體人謝金河因此指稱「這兩天，國臺辦數度記者會要求綠營放棄政治成見打中國疫苗，很多人見縫插針……」謝金河抨擊，他看到統派批判：「綠營謀財又害命，他們為了自己的金主生產的國產疫苗，竟然阻擋大家急需要歐美及中國國際認證有效的疫苗……」，他強調疫苗訊息戰的背後「一切都是政治」。[28]

本書進一步整理國產疫苗遭受假訊息攻擊的案例如下表5-1：

表 5-1　國產疫苗遭受假訊息攻擊實例

序號	性質	內容	來源
1	攻擊	在解盲前幾天，PTT 網路上出現匿名帳號「問卦：怎麼辦？實驗室數據最佳只有別人三分之一，完了完了，居然只有別人三分之一到五分之一的效果」，指高端疫苗解盲會失敗云云。但這個數字在幾天後高端解盲成功，此數字事後經筆者查證數字爲假。但，這則網路討論出現了四百多則的留言，裡面來自各方的帳號痛罵還沒有解盲的高端疫苗。	https://www.ptt.cc/bbs/Gossiping/M.1622966356.A.F50.html。
2	匿名攻擊	中國時報引述匿名「知情人士」指高端疫苗沒有保護力。	莊楚雯，〈高端疫苗解盲倒數 知情人士爆1關鍵：沒有疫苗保護力比率〉，《中時新聞網》，https://www.chinatimes.com/realtimenews/20210608001357-260405?utm_source=push&utm_medium=image&utm_campaign=richmenu&chdtv。

3	攻擊	高端解盲成功，專家宣布數字很漂亮、防護力很好，但當天在 PTT 上匿名攻擊「美國的 3300，臺灣的 662 中和抗體 GMT 爛到流湯！」意指高端的 GMT 只有美國某公司的五分之一。經筆者查證高端比對數字爲假，但下方已數百則留言，全強調國產疫苗打進人體完全無效。	https://disp.cc/b/163-dG7d。
4	假訊息	名嘴吳子嘉稱張上淳妻「率綠營權貴打疫苗」⋯⋯臺大醫院長批「走火入魔」！東森電視臺道歉。	葉韋辰，〈名嘴亂爆帶綠營權貴打莫德納 臺大醫再發聲明：將捍衛名譽〉，《Yahoo 新聞》，https://tw.news.yahoo.com/%E5%90%8D%E5%98%B4%E4%BA%82%E7%88%86%E5%B8%B6%E7%B6%A0%E7%87%9F%E6%AC%8A%E8%B2%B4%E6%89%93%E8%8E%AB%E5%BE%B7%E7%B4%8D%E5%8F%B0%E5%A4%A7%E9%86%AB%E5%86%8D%E7%99%BC%E8%81%B2%E6%98%8E-%E5%B0%87%E6%8D%8D%E8%A1%9B%E5%90%8D%E8%AD%BD-060624460.html。
5	攻擊	名嘴吳子嘉：高端疫苗有問題了，跌停讓金主賣了趕快跑。	https://youtu.be/_7WKhTHtdvI。

66

28 參見李錦奇，〈謝金河：這場疫苗大戰　背後都是政治！〉，《ETtoday》，〈https://finance.ettoday.net/news/1995708〉。

6	攻擊	中天電視臺指高端工廠是家庭代工,高端提告。	李依純,〈高端不爽被報「像家庭代工」喊告 中天聲明: 應要求 CNN 更正報導〉,《自由時報》,https://ent.ltn.com.tw/news/breakingnews/3584186。
7	假訊息	前中天記者朱凱翔所經營的臉書指控高端疫苗「對傳染力最強的 Delta 變種株,與重症率最高的 Beta 變種株,不管低中高劑量,中和抗體數據都極糟」,對此高端控告朱凱翔發布不實訊息,惡意曲解研究數據意義,已涉《刑法》加重誹謗罪、《證券交易法》散布流言或不實資料操縱價格罪。高端也於聲明稿指出,高端疫苗 Beta 株中和抗體效價下降約 7 倍(申請 EUA 使用之中劑量 15ug),數據與其他已上市之 mRNA 疫苗(下降 6 至 10 倍)趨勢相近。	王怡文,〈媒體人指高端不能防變種、重症,高端提告了〉,《新新聞》,https://www.storm.mg/article/3815163。
8	假訊息	網傳蘇貞昌握有大量高端聯亞股票想發國難財,行政院主動澄清新聞稿。	https://www.mohw.gov.tw/cp-17-60897-1.html。
9	假訊息	中國時報刊登「82% 遭退貨 高端疫苗量產品質堪憂」不實報導,已委託律師彙整證據,將對不實報導進行提告。高端表示,媒體在未經查證下,惡意以不明資訊與煽動性言詞,詆毀國產疫苗品質,意圖影響國人對國產疫苗信心。食藥署已在今天中午發新聞稿澄清該文並非事實。對於記者惡意曲解與散布的行為,已涉刑法加重誹謗罪、證券交易法散布流言等罪嫌,高端將對其等提出刑事告訴。	韓婷婷,〈媒體報導疫苗品質堪憂,高端委託律師提刑事告訴〉,《中央社》,https://www.cna.com.tw/news/afe/202107230364.aspx。

　　　　　　　　　　　　　　　　　　入侵編輯臺

10	假訊息	王姓男子製圖散布高端疫苗二期實驗死人遭送辦拒到案。	蕭博文,〈散布假訊息高端疫苗二期試驗死過人 男遭調查局送辦〉,《中央社》,https://www.cna.com.tw/news/asoc/202107140302.aspx。
11	假訊息	網路瘋傳蔡英文政府用「吹箭」逼民眾打高端疫苗。政府澄清。	張守逵,〈網瘋傳蔡政府用吹箭逼打高端〉,《鏡傳媒》,https://www.mirrormedia.mg/story/20210810web013/。
12	假訊息	Line 傳殘害人命的高端疫苗董事長蔡英文,董事邱義仁等人阻擋疫苗進口。高端澄清。	https://cib.npa.gov.tw/ch/app/news/view?module=news&id=1886&serno=3b8092f1-1350-4352-be65-f6fc016c9272。
13	中方攻擊	「人民政協網」二月刊文指臺灣不用中國疫苗就是對臺灣人謀財害命,這篇名爲「疫苗大戰,是陳時中對臺灣人的圖財害命」一文,是最早把疫苗和「謀財害命」四字掛勾的。	高揚,〈疫苗大戰,是陳時中對臺灣人的圖財害命〉,《人民政協網》,http://www.rmzxb.com.cn/c/2021-02-28/2795351.shtml。
14	中方攻擊	「人民日報海外版」指民進黨當局政治防疫是謀財害命。「一再死硬拒絕大陸援助新冠疫苗,連島內團體、企業、個人捐贈疫苗也不予放行。爲一己私利不惜草菅人命,民進黨當局這次將其自私冷血發揮到了極致。」	王平,〈民進黨當局的政治防疫就是謀財害命〉,《人民日報海外版》,http://opinion.people.com.cn/BIG5/n1/2021/0614/c1003-32129685.html。

資料來源:作者自行整理。

除了上述明確個案，另還發現中國有假主播的新聞頻道，用麥克風遮住面孔報假訊息，也發現之前有數個頻道同時攻擊高端疫苗再立刻同時結束，散布時間是在 2021 年第 28 週到 34 週，也就是大約七到九月間全面攻勢，然後戛然而止。這些頻道除了固定時段相同主題，還有協同行為（Coordinated behavior），是社群網站認定網軍的重要關鍵因素。[29]

　　另有媒介指出，國產疫苗從研發到測試施打過程飽受謠言攻擊，其中更有很多粉絲專頁或新創的人頭帳號進來，每個臉書只有幾十到幾百粉絲，管理員顯示來自柬埔寨、澳門或中國等地，可是也大量張貼攻擊臺灣國產疫苗的貼文，貼文來源是中天新聞，或新創的推特帳號，在平臺上轉貼類似攻擊臺灣疫苗的訊息。雖然粉絲專頁或帳號按讚數及好友數、留言數都很少，可是在張貼批判高端疫苗的貼文時，竟有不成比例的分享數，再細看就會發現這些貼文其實大量轉貼到其他各方的臉書社團之中。有些來自中國、澳門等地的使用者，還會將貼文轉發布到星、馬、越等華人的臉書社群，當然也有許多是直接分享到臺灣。[30]

　　臺灣事實查核中心於 2021 年 7 月指出，網路上瘋傳諸多疫苗傳言，內容更抨擊國內疫苗廠商高端與聯亞使用「最落後技術」。對此，臺灣事實查核中心經查證後指出，相關傳言皆為錯誤消息。[31] 此外，法務部調查局於 2022 年元月公布指出，其

資安工作站發現 20 餘假帳號以境外手機門號、信箱註冊論壇後，發布有關疫情及政治相關爭議訊息，再利用假帳號分享訊息到各大粉專、群組，讓不知情的民眾轉傳挑起對立的目的。調查局資安工作站指出，卡提諾論壇、批踢踢、臉書大量出現「高端疫苗」的假消息，內容寫道「高端疫苗打死人」、「參加高端試驗出現副作用」，「朱○卉、王○藍、於○意、丁○風」等近 20 個假帳號，以境外手機門號和電子郵件在卡提諾論壇註冊後，頻繁發布爭議訊息。

　　結合這些例子與圖 5-2 的概念，可以看到直接施力和間接施力的各類型。從中國官媒、發言人的直接批判，質疑臺灣政府不用中國疫苗給臺灣人就是謀財害命，搭配假訊息、內容農場、網路假主播、臺灣政論節目、爆料名嘴、網路帳號，從網路匿名訊息轉引到電視報紙新聞操作，搭配在臺代理人、公關公司、民調公司，日復一日展開全套的媒體及網路攻擊。一旦將零散片段訊息加上強有力標題，這樣的資訊跟炸彈一樣有力。再加上聳動語詞「臺灣是疫苗乞丐」，共產黨官媒並在《海峽兩岸》

❝
29 參見王宏恩，〈中國假主播被我揭露之後，YouTube 的處理也揭露很多訊息〉，《關鍵評論網》，https://www.thenewslens.com/article/158947。
30 參見楊是命，〈高端疫苗又被黑，來自東南亞的網軍發動攻勢〉，《報呱》，https://www.pourquoi.tw/2021/09/17/taiwan-news20210917-2/。
31 參見〈網傳國產疫苗技術最落後？查核中心：錯誤！〉，《自由時報》，https://news.ltn.com.tw/news/life/breakingnews/3606262。

節目訕笑：「臺灣變成乞丐島」、「疫苗難民」。環球時報曾批臺灣是「疫苗孤島」，指中國願迅速安排讓「廣大臺灣同胞中國安全疫苗施打」卻遭拒，是臺灣「自斷道路」。人民日報海外版 2021 年 6 月 14 日以「民進黨當局的政治防疫是謀財害命」為題，批臺灣「疫情蓋牌」，甚至是「以疫謀獨」或「借疫謀利」，「奉勸民進黨當局認真傾聽島內各界和百姓呼聲」「讓廣大臺灣同胞早日就地接種大陸疫苗」。說來說去，還是在意臺灣人不打中國疫苗。

　　如果從超限戰角度來看這一波疫苗資訊戰手法，中國文攻武嚇配合在臺代理人及公關公司操作，手法已更加靈活有效。以乞丐、難民侮辱民主自由，隱含著誇讚威權制度，並搭配網路謠言攻擊，在此同時臺灣藝人也主動配合強調愛打科興疫苗。這場威權與民主的爭戰界線已不在臺灣海峽，在於臺灣的媒體內戰。而這樣的操作模式已是一個完整的產銷體系全面配合控制，在地協力者網絡或跨海峽政商網絡都可以有效操作立即上手，顯示臺灣此刻的產銷模式已達有效的滲透結果，某些觀點似已收編在中國影響力之下。

入侵編輯臺

來自北約的真實之聲
－專訪北約戰略傳播卓越中心主任　亞尼斯・薩茲

　　當假訊息入侵波羅的海時，拉脫維亞和臺灣一樣，多次被列為假訊息全球最嚴重的國家之一，也因此，我以政大研究生也是媒體人的名義，於 2019 年 10 月 4 日轉道波蘭，來到了攝氏 10 度左右的拉脫維亞首都里加，專程來訪問北約戰略傳播卓越中心（NATO Strategic Communications Centre of Excellence）。

　　里加的空氣冷冽，這個國家和臺灣一樣，都有著國家認同分歧的課題。總人口約兩百萬人，其中拉脫維亞人約 62%，俄羅斯人與白俄羅斯人約 30%。換言之，約有三成的人易接收俄語訊息，在牽手護波羅的海三國的獨立運動後，拉國於 1991 年正式獨立，但仍常有俄裔人士抗議。

　　北約選擇在里約建立一個共同對抗資訊戰的研究中心，專供北約各國來交換資訊戰研究。就在我與戰略傳播卓越中心主任亞尼斯・薩茲（Jānis Sārts）碰面前一天，得知了立陶宛報上令人心暖的新聞：立陶宛國會帕季格議員、奧茉娜議員、歐

竹拔議員（Žygimantas Pavilionis, Ausrinė Armonaitė, Audronius Ažubalis）三位議員聯名在立陶宛第一大報主張，希望立陶宛不要再慶祝中國國慶，並且主張應該要在臺灣（中華民國）設立陶宛代表處，公開在媒體呼籲全面加強跟臺灣經貿的交流。

這是多麼令人鼓舞的消息哪。

懷抱著希望，為了能更理解北約如何面對無孔不入的假訊息，與薩茲的對談緩緩開始，他說收到研究計畫得知我是來自遙遠太平洋的臺灣，很願意將對抗假訊息及資訊戰的模式與臺灣朋友分享。

北約戰略傳播卓越中心是北約認可的跨國中心，有許多領導人，可以在法國看到參與國家的各國國旗。而拉脫維亞與臺灣的處境相仿，波羅的海周邊、前蘇聯體制中的小國常受到來自俄羅斯假訊息攻擊。薩茲表示，事實顯示，許多當地人開始從事這種活動，因此很難說哪些是從外部來的，哪些是內部來的；而且當地參與者和敵意外部勢力（hostile outside actor）多半會極為小心地掩蓋兩者之間聯繫的痕跡，大多數案例如此。因此有能力實際找到這些連結是非常好的。例如，有一個研究是關於波羅的海周邊國家的網路新聞平臺，大力推動親俄言論，

渲染極端親俄論述；他們專做這兩種新聞，卻同時聲稱自己是獨立媒體。直到後來該平臺旗下的記者才揭露，薪水實際上是由莫斯科支付，並且會不斷收到來自莫斯科的指示。

面對這樣的攻擊，不只要在情報界內部揭露，更重要的是要向一般大眾揭露。「假訊息」的製造者一直說謊，他們所聲稱的「獨立觀點」，實際上是莫斯科買單。政府需要具備能力去察覺哪些是足以告知全世界什麼事情正在發生的數據線索（data trail），這不只是情報部門的責任，應該公諸於世，讓國際上看到他們所說的事實。

其次，它與傳統媒體的品質有關。這是一個非常重要的發展，媒體自己獨立展示、發現這些案件，並且從獨立的觀點支持相同主張。第三，當接近選舉時，這些在選舉期間產生的影響力攻擊（influence attacks），攻擊的角度，支配的領域，可能會和原先的觀察目標非常不同。

所以應該要在政府內部設立一個非政治性的協調小組，可以清楚連結不同政府部門、不同類型的活動或策略。例如，如果你組一支紅隊，要把自己當作壞人，那麼你不會只攻擊一個區域，而是嘗試去三個不同的區域來產生空間、不確定性、巨大影響。（補充：資安人才可依照工作內容與技能需求分為事

前預防與事中、事後處理等兩種人才，國外資安業者則常以紅隊 Red Team、藍隊 Blue Team 等團隊分工的方式，來區分攻防角色與執行任務的差異。在資安事件發生前，紅隊成員負責找出企業隱含的威脅，經由各種模擬演練，甚至主動攻擊測試，找出企業資訊應用未知的漏洞與風險。）如果不能從政府的角度，用同樣的方式跟進，那就會很容易被攻破。薩茲認為這些是關鍵的基本知識。當然還有許多更新、更流暢的防守方式，尤其技術方面，不一定要用傳統網路安全方式來思考。

影響力攻擊也是中心關注美國的其中一個問題。對於一個成功的影響力活動（influence campaign）而言，不一定要直接破解，可以用其他數位方式（digital means）解決。但在多數情況無法辦到，而且根據大多數國家法律，甚至是違法的。

就像臺灣在面對族群／省籍問題時的高度敏感，北約國家當然也有其敏感處。薩茲分享：每個國家都有不同的脆弱面（angle of vulnerability），他認為在大多數的歐洲國家中，這種影響基本上會想到三個議題：感覺無能影響政府的少數族群、因社會不平等（social inequality）被邊緣化的人，以及那些感覺被政府不當對待的人。

入侵編輯臺

我們必須思考、找到他們相信自己所處地位的原因，處方在哪裡，你應該做什麼？年齡或性別因素其實是有趣但次要的，應該首要關注的是問題的核心，民調非常棘手的地方在於它不會給出很多訊息。針對受眾的研究，真正需要瞭解的是原因、在群體內部擴大的觀點、這些觀點如何進到群體內部、內部如何成長、是否已經成為成功的商業／業務資訊，這樣才能更清楚分析。

　　令人驚訝的是，無論好壞，大多數國家還沒有為人民做這些事，從來沒有。兩三年前在拉脫維亞第一次有人這樣做，所以有了非常深入的瞭解。為什麼那個小組會成功，薩茲認為這是要找出的關鍵要素、關鍵原因之一。

　　如何對抗假訊息或外部攻擊，第一件事是討論已經在世界其他地方被揭露的案件。其次，要有自己的動作，就像該中心為許多國家所做的：培訓記者，瞭解正在發生的事情，許多新聞工作者沒有能力使用現代技術工具瞭解某些過程的背後。新聞工作者可以檢查自己的資訊，並知道該如何揭露。

　　例如，該中心訓練使用 Bellingcat 網站，這個機構目前有公開來源情報、事實核查，並曾揭露是誰擊落 MH17（馬來西亞航空 17 號班機空難）。Bellingcat 是一個調查性新聞網站，

最初執行對敘利亞內戰中使用武器的調查。它由記者艾略特・希金斯（Eliot Higgins）以 Brown Moss 之名於 2014 年 7 月創立。Bellingcat 發布了專業記者和公民記者對戰區的報導和發現，侵犯人權問題，黑社會犯罪。網站的創立者還公布技術指南和案例研究，他們有每個人都可以使用的「公開來源情報（Open Source Intelligence, OSINT）」技術。當然，有新聞背景的人就可以做到，網站還增加公開圖片的功能。

另外，中心也鼓勵跨界合作。因為在選舉期間，眾人會想看到很多訊息，而很難分辨是真是假。所以，做為這樣的團體之一，必須要有一個機制以獲取讓人信任的訊息，有人已經對這些訊息進行非常深入、良好的分析。

針對記者訓練計畫／課程，北約的立場是盡量避免這樣的要求。他們有相關訓練，但是以「案例研究」來訓練，中心有來自不同國家的其他記者，並提供一期兩天的付費訓練課程（trading），由專家訓練上課。

不過，中心不認為要將力量放在個別假訊息的真假判斷。雖然大家應該常常會去看個別的新聞製造者或帳號，這個是謠言，那是假新聞之類的。他們思考如何去規範個別的假新聞，但從我們的角度來看，這是錯誤的方法。因為站在壞人的角度，

單一個假新聞散布者被除掉，他的帳號不會帶給你任何好處。你需要的是找出帳戶的聯繫網絡（network），要有發散訊息，這些紀錄需要讓你看出來影響力或像病毒擴散（go viral，類似中文「爆紅」的概念）。所以你需要看見整個假新聞的生態系統（ecosystem），看見一個按讚、分享等等傳播訊息的生態系統。每個人看見後，就會開始（對假新聞）做出反應。大多數（假新聞）依賴簡易的工具，容易使用，便宜，這就是 Bloomberg 出現謠言的原因，他們可以讓每個人都聽到謠言。

　　薩茲的觀點是，首先要進行攻擊和管制，確保它不會發生。站在壞人的角度去思考，就算停了一個帳號，壞人還是有能力可以讓第二個帳號繼續說出他們想說的內容。

　　如果沒人聽，誰在乎？壞人只希望讓大家看起來都像在聽假訊息，然後整個網路環境中的機器人生態系統會進入工具控制的範圍。

　　有一整個專案都在研究「術語（terminology）」和「定義（definition）」，相關作業仍在持續，但已有第一份偏向集中軍事方面的報告，可以在網頁上閱讀該文章。

　　謠言只有在會造成傷害時才重要（The rumor is

important only when it is hurt.）。他們一直會有辦法。例如，有一種騙網路點擊率（點擊誘餌 clickbait）的商業服務。他們在傳播笑話，類似梗圖（memes）這種的，好像沒有一點政治意涵。然後擁有成千上萬的龐大網絡連結，會瀏覽他們所發布的內容。突然某一天開始，他們不講笑話了，而是開始發表政治訊息、謠言或誹謗活動。這表示有人一直在我們的國家創造這種東西，創造這種人與人之間的網絡連結，讓接受到訊息的人再傳給其他人聽。當有必要時，他們會切換身分，傳達真的訊息。或者在某些情況下，他們已經被收買了。你有十萬用戶可以聽你說的任何話、做的任何事情，你賺這種錢，我付錢借用你的網絡發送消息。

薩茲最後分享，他認為在最近的一次選舉中，很難說這是外部影響，因為會有很多準備工作要做。他們觀察到的是，你在歐洲做愈多準備工作，再加上如果你又是歐盟或北約的成員，對於阻止俄羅斯來說已經足夠。這是可以拿來嚇阻的因素。

我們看到民主進程的品質降低，我會歸因於許多因素。其中一個是資訊改變的模式，讓公眾／公開論述方式品質越來越低，而且集中在所謂的「過濾氣泡 info bubbles（類似『同溫層』概念）」或「回聲室效應（echo chambers）」。無論在

入侵編輯臺

英國或美國，這都是普遍的情況。即使這樣，敵國玩家還是相
對容易許多（hostile foreign player），可以造成影響，同時
又隱身在混亂中。

　　透過與薩茲的對談，北約面對假訊息已有了好多年的研究
經驗，那麼，臺灣呢？臺灣面對同樣狀況時，是否也能更加深
入思考，如何抵抗假訊息對民主的傷害？能不能像薩茲所說的，
不要養網軍，不要陷入和壞人同種模式的應對？

入侵編輯臺

第五章　臺灣需要自己的塔林手冊

All the news without fear or favor. 新聞無畏，消息無偏
—— 鄭南榕創辦自由時代雜誌的新聞理念

一、來自中國的滲透

　　境外對臺灣的滲透是交互攻擊，內外為輔，內、外宣呼應結合，而且跨媒體（融合各種媒體）的形式。如前所述，政體的國際擴散有兩項層次一為價值示範，另一為實質影響。中國共產黨要「說好中國故事」的前提下，在外交展開一帶一路，在經濟有所謂「大國崛起」，再加上招待旅遊時也一併宣傳：這是專制的民主，有效率的威權比民主更好，一度讓很多人為其宣傳威權的好處，也因此對鄰國展開擴散，首當其衝就是一海之隔的臺灣；另一種「實質影響力」則是直接影響，例如直接收買公關公司，捐款給政治人物，支持中國就給予更多的利益，甚至在民主選舉中扶植親共力量。而臺灣也正是和威權大國中國的「威權連結」的國家，我們同語言同背景，連結性高互動多，作用力愈大，愈有利於威權擴散。

　　中國政府與臺灣各式媒體有盤根錯結的金權關係，初期因臺灣對中國擴大依賴，臺海經濟熱絡，加上中國共產黨把以商促統納入對臺策略，臺商返臺在媒體所有權市場擴張，強化媒體集團化和跨媒體整合趨勢。又逢新媒體崛起，傳統媒體電視臺、廣播、報紙式微。網路新媒體有大數據分析，新媒體平臺

　　　　　　　　　　　　　　　　　　　　入侵編輯臺

的宣傳有利於出資者的掌握，演算法精準投遞出符合中方客群，也因此在有臺灣媒體股權之餘，再擴張到各式網站、社群平臺。

透過「融媒體」機制，中國自建網路平臺或在第三方社群平臺創設帳號，以現金贊助網紅掌控言論內容，中方言論市場的影響力達到新高點。研究過程中發現，現在由第三者臺商成立傳播科技公司，傳播科技公司再統籌成立十餘個網路媒體，用來散布傾中訊息意識型態、組織，加上錢滲透進媒體、宗教、教育、政治等各式基層組織產銷結構中。如前所述，網軍本來就是中國軍隊正式防禦組織的編制，61398 單位屬網路戰爭支部，是超限戰核心也是網路反擊部隊，2013 年也有訊息指文宣部聘用兩百萬名「輿論分析師」做輿情調控。原本是中國內宣用的網路部隊，已透過臺商或在臺代理人進入臺灣的媒體等組織的產銷結構中。

這套滲透模式強調「威權比民主更適合華人」，輔以「中國經濟已經崛起」，一帶一路的強國包裝，配合中國認同的國族論述，有效在臺灣媒體圈大量扶植代理人。中國對臺的政治發動者有國安部、統戰部、國臺辦、中宣部等，「代理人」或「中間人」一度是威權滲透進新聞自由社會必經的節點，本書透過訪查整理得知，如今已可不經代理人進入臺灣輿論市場。從「以商控制新聞」到「意見領袖的收買、滲透」，現在進一步直接操盤，天天以社群軟體直接指揮媒體幹部及內容，或是透過臺

商將資金給網紅、主持人。

中國的內宣已與其外宣整合，在威權滲透民主國家的路程中，過去因為「直接」滲透常遭致反作用，所以「間接」滲透，經過臺灣的代理人來滲透是主要方法。中方人士現在已直接進入臺灣進行經濟行為，或者中方官員直接電話遙控臺灣媒體幹部，或者直接贊助網紅要求更新內容，將假訊息從境外改為繁體字直接傳進社群媒體，或透過假主播、虛擬主播以谷歌語音做成影音、抖音，已無需代理人即可直接影響臺灣言論市場。

我們可以見到，威權政體大量利用民主社會的便利多元，滲透臺灣，這套指揮系統由「統戰部」控制，透過以中宣部、對臺辦及各地政府，如受訪者所透露的，不管是老闆下令，或是對岸來電給思想認同較一致的幹部，對臺灣言論市場的影響「如臂所指」。尤其在「意識型態」契合的傾中媒介裡面，滲透速度及影響力加速。即便本來是傾向臺派的地方電臺，透過統促黨相關人士租時段，不賣藥改賣中國好的思想及中國民謠，有效向臺語市場的臺派電臺滲透侵蝕。從新媒介、社群網站、報紙、廣播、電視、行銷公司、幫派到網紅等，都變成威權滲透的發動者，深入臺灣社會各階層。

中國原透過影片節目或生意控制在臺灣的媒體老闆，進一步讓媒體幹部遵守或配合政策，甚至如臺語節目演員秦揚單純

說一句：「臺灣是一個民主的國家」沒刪掉，導致媒體公司受調查而受到經濟損失，如此長年滲透，一直到媒體編輯室有默契自動遵守中國的媒體守則，自我審查到完全不談法輪功、民主、達賴喇嘛等。

總而言之，是打造泱泱大國進步形象，形塑威權領導有效率更適合華人的論述，配合古裝宮庭劇、歌唱節目，宣導一帶一路中國偉大思想，大外宣實例愈來愈多，影響日深，從政治經濟各管道鋪天蓋地滲透影響每個層面及新聞界和臺灣閱聽眾。

這些表現恰巧符合鑽石模型中，政治、經濟、資金提供者、追求資金者互相連成一個體系，互相影響的說法。而媒體人005、009、012都提到中方購買臺灣時段金額比一般高出一到兩倍，傳言某主持人獲資金達兩億元、名嘴上中方節目出席費高出多倍，或為了讓連續劇在中國落地播出，配合中方的言論要求。這也突顯鑽石模型之中，雖然有意識形態、政治上的影響力，但在最上方的「資本提供者」和最下方的「資金追求者」相呼應，透過政治及經濟影響力，資金構成滲透的溫床，新媒介與社群軟體成了「直接滲透」的途徑。

在「發動者圖像」中，收錢的資本追求者在政治方面透過內容農場、政治粉絲專頁、臉書、酸民、機器人留言等等來擴展影響力，將中國的想法議題置入、滲透進社會。經濟方面，

則透過網紅、直播主、宗教團體等的影響力,例如拉高對特定YouTuber 的贊助金額,或以機器人及網軍聲援立場接近的網紅,以點閱率及贊助金增加其聲量、擴大其影響力。

從發動者利用政治經濟等能力,發動認知作戰的攻擊,到達成影響對方認知的成果,中間必須透過基礎設施及技術能力。在本書中,受訪者提到透過居間代理人,兩百萬元即能掌控地方電臺,或是以高於一般時段價,也能置入都會區廣播電臺,透過在臺代理人協助,收買主持人或電臺資方,進一步以共同主持連線的方式,連臺灣人較不接受的關鍵字用語,在地協力者都會主動剪接協助。而這樣的資金發動者、在地協力者、資金追求者的合作模式,構成了這樣的新聞媒體的滲透模型——從大眾傳媒、報紙、廣播、網路、社群、網紅到 Line ——形成這樣一種滲透路徑,關鍵是媒體被中國政府以市場利益操弄。

「銳實力是自由開放社會的敵人!」學者吳介民形容:「中

二、臺灣，民主世界的金絲雀

共利用西方自由開放社會的規則，對外撒錢買影響力，但在自己境內卻執行另一套黨國資本主義，黨的力量壓倒一切。」這一波民主潮流中，美國和中國對抗，在底層架構上是經濟與科技實力的一場跨境對決，上層結構則是不同遊戲規則的衝突。

近年來各國紛紛研究銳實力、威權滲透、中國對世界的影響力等等，同時，中國的威權滲透撲天蓋地，本來在研究新聞界是否被中國銳實力滴水穿石，如同中國流亡美國學者何清漣所描述，中國對臺灣的滲透彷彿塞滿在屋子裡的大象，如此多年我們竟然視而未見。也如學者所言，像是在頭頂上吊燈裡的蟒蛇，四處都是蟒蛇影子，我們竟然視而不見？因為從大外宣、公眾外交、銳實力、到融媒體，各方管道不論名詞如何轉換，本質是威權體制與民主價值的較勁。

我發現，不論是學者張錦華分類的六項滲透途徑，或吳介民以政治經濟發展的間接影響、直接影響，威權滲透從四面八方，在傳播媒介的每個管道、每個組織、每個人都體會到其影響力。在一一對談的過程中，媒體同業至今沒有人公開認同威權政治的，多數都強調只是工作，雖然這些中國力量的介入導致新聞自由受影響，但是，受訪者認為新聞自由雖受影響而退

步，然而新聞界的專業能力、以及閱聽人的多元管道，可以查證調查瞭解之後，仍能保住民主的社會，而受訪者們不管是在傳統媒介或網路媒介，在在均表示認同民主不喜歡威權。顯示整個產銷結構圈中，即便是下達傾中指令的重要幹部，也強調是為了工作而協助對岸，並非支持威權，只是為五斗米折腰。

　　研究訪談的一位媒體人提到與家人出遊中國某一省，被當地臺辦點名註記其特殊身分，隔離訊問以瞭解其行蹤，心有餘悸說立刻體會被威權控管的心情，事後也影響到面對新聞要衝撞或保守的判斷。

　　一個力量的影響愈大，如同牛頓第三運動定律中兩個物體相互作用，只要有作用力一定有反作用力，因為臺灣社會不是片面收編在中國影響力之下，隨著買媒體股權、新聞傾中、幹部自我設限、產銷傾中、暴力排除異己、產銷體系對威權擴散動作全面化時，臺灣社會也產生警覺機制，反滲透的「反作用力」逐漸加強。

　　這幾年，中國國家主席習近平修改了中共改革開放的政策，加上武漢肺炎疫情擴散全球，尤其「香港國安法」引爆「時代革命」撼動全球，孔子學院舉著漢學華語進入全球各校園也引發反彈。美國川普、拜登兩任總統接續對中國動作，印太歐美國家同聲關切臺海和平，美國 2021 年 12 月主辦民主峰會邀請臺灣卻不邀請中俄參加，中國駐美大使和俄羅斯駐美大使合寫

文章抨擊美國民主，自稱中俄兩國制度比較優越。全球呈現民主價值與威權體制之爭。

　　長期關注民主發展的美國學者 Larry Diamond 深感全球威權擴張、民主倒退，提出民主面對威權的八個戰略：

（一）我們必須理解威脅的本質。

（二）我們必須教育民主社會瞭解獨裁威脅的動機和伎倆。

（三）民主國家必須加強集體軍事決心與能力，面對中俄軍力快速擴張現代化。

（四）我們應尊重中俄的領導人和社會。

（五）我們應區別貪腐的領袖與其社會，制裁獨裁政權應小心避免殃及無辜。

（六）我們必須忠於民主價值。

（七）我們必須改革戰後的自由民主秩序，讓它更契合當前時代。

（八）我們必須修復及強化國內的民主，成為值得效仿的模樣。

　　我認為，Larry Diamond 對美國學術界建議適用於此刻站在威權與民主最前線的臺灣。中國無孔不入滲透臺灣媒體，從 2008 年底胡錦濤宣示「大外宣」政策至今，十三年來，從大家稱讚中國好，到現在立陶宛發揮小國關鍵角色力挺臺灣衝撞中國，全球對大外宣與威權滲透的「反作用」力道愈來愈大，也更加團結。雖然引來中國痛批國際反華勢力打「臺灣牌」，可是，

在較勁中，積極滲透他國影響力的中方是作用力，各國是被激起的「反作用力」，兩股力道互相激盪，意外的是，臺灣的角色從模糊變清晰，站在民主與威權對壘的最前線。

威權擴散滲透進民主社會，並進一步可能影響新聞自由，已是全球面對的問題，我所採訪的受訪者多為資深媒體幹部，深度接觸相關中國新聞，當筆者詢問中國威權擴散是否已影響臺灣新聞自由，多數的答案是相當肯定受到影響，嚴重程度不一。但從 2008 年開始因為中國對臺有各種利誘措施，也進入了臺灣新聞自由波段性影響的情境。但，當筆者進一步追問新聞自由是否「嚴重受挫」時？資深媒體幹部們多數表示因為民主社會多元或者記者有所反抗，而仍有希望。以下是受訪者認為威權擴散已影響新聞自由的訪談內容。

001 號媒體人回答新聞自由議題時表示：臺灣媒體的問題是老闆是誰，言論就向老闆靠攏。媒體是意識形態的戰爭，言論跟著報社立場走，記者及評論者在臺灣都變成工具人，每個人都是為了生活成為媒體工具人，中國及香港也如此，例如對方說：「這一篇太敏感了無法刊登，但我們會把稿費寄過去。」這樣的說法就把自由社會的商業媒介與威權社會的工具媒介刻意混淆。現在連影劇新聞都受影響，娛樂新聞只要牽涉政治都沒有自由，此時哪有新聞自由？就像臺灣戒嚴時的三大報不也是威權體系？現在網路裡的社群，每個人變成像「圈地」的範

圍，以極少眾來寫新聞宣傳。

002 號媒體人回答更明確「沒有新聞自由的中國來給臺灣媒體人錢及好處，記者就是他養的，你的新聞就姓黨。」臺灣的新聞自由是長期發展而來，媒體上面出現立場對決，雖然有可能最後本土派會贏，但過程其實是新聞界出現要來抵抗「臺灣人閱聽人的立場」的不同論述。威權滲透在全球展開，臺灣的新聞自由受到傷害，但，也因此出現抵抗的論述。至於臺灣與中國哪一邊會贏，002 號媒體人認為自由民主終究會贏，接著大外宣會再出更多錢，但臺灣人不一定會買帳。臺灣的新聞自由最終應可以抵抗中國大外宣，臺灣的自由民主人權法治可以讓媒體透明化。

003 號媒體人提到，古早時候朋友只聽中廣的李季準時間，沒想到現在，反而在電臺放的是中國思想及中國歌。南部電臺以前本土性格很深入，所以中國要侵入就從這裡開始，配合從廟宇滲透，最本土的地方受影響後，宮廟、農會、水利會，接著電臺，做廣播的人現在只要領薪水不必辛苦賣藥。當然會影響到新聞界的想法。以前成本只要一、兩百萬元就可以成立一個地下電臺。現在，中共一次給你兩百萬元，賺的比過去賣藥更多。中國現在買的多是地下電臺，多數是為了干擾搶占 FM 的頻道，兩百萬元就能買一臺發射器含電腦，每個月再給主持人幾十萬元，念念中國新聞稿就好了，怎麼可能不影響臺灣的

廣播界？閱聽人不一定每個人都會受影響，深藍軍也不一定支持共產黨，整體「洗腦」效果應該算「很有效」。

004號媒體人表示，節目如果談了敏感議題會先被中國「中宣部」監看的人來電，例如先前提到的三立《臺灣霹靂火》電視劇，對白中出現秦揚說「臺灣是一個民主的國家」沒刪掉，媒介因此被「嚴重警告」再犯就可能被撤照。此事當然影響媒介人員對新聞自由的想法。例如東森當年採訪法輪功，也發了文，那一次，中宣部來徹查所有記者，最後電視臺交出相關記者名單。因為，他們認為「內部一定有間諜」。

談到新聞自由是否受影響，005號媒體人說中方不需要天天打電話就可以影響臺灣的新聞自由，因為只要對特定「比較有默契」的部分去做「局部指示」。三、四年前，聽說國臺辦還曾叩到某大報編輯部去罵，這幾年，大環境上臺灣內部有認知比較強才不會影響那麼大，否則，連純的「文化人」都會受到對方政權影響。整個經營環境及網路時代都會大規模受到很多影響，例如中國大陸各省市下的預算都先會請示國臺辦，有一個「魅力城市系列」，每年都跟國臺辦會簽，當年的預算一次下七、八百萬臺幣，就有預算進來特定媒體。當省市大官到臺灣參訪時，雖然臺灣的主流媒體檯面上看不到這些省市大官的新聞，但其實他們都被安排到電視臺，讓來臺灣的大陸官員覺得很爽，參訪臺灣時感覺很受到重視，這從時報集團到地方政府，以時

報還有如呂XX的子公司「時報國際」就專門接中國來臺的商展，也就是公關公司，或是來臺招商，這些都是由中國下預算。

006號媒體人也坦言新聞自由與專業受到傷害。他所在的媒體是在兩岸三地都看得到的，曾將抗戰英雄戴笠將軍的新聞做得很平實公道，可是，中國要求重剪成他是個爛人。新聞剪輯後再被對岸編審改了很多，這之後，電視臺原本中立的名聲也漸受影響。在上述的新聞審查制度下，新聞自律自由就逐步受影響，記者自己就會「內控」，記者會自我調控新聞自由的空間，例如，記者就會從名字稱謂開始改，改為對岸接受的稱謂，這就是對岸的掌控。

007號媒體人自陳在新聞編輯室內抵抗新聞干預，例如在現有極高點閱率的中評社他曾撰寫民主過程或美麗島事件專題，訪問許信良等都沒有被改稿，這是因為曾有幾次標題被改過頭而去抗議，所以後來社方不會改他的新聞。相對於資深記者的堅持，有的年輕記者被下指令被改稿。一旦屈服，記者慢慢就會自我設限，記者當然也知道長官喜歡什麼，就會朝長官喜歡的稿件方向前進，例如長官喜歡綠營內鬥的新聞，不愛政策新聞。這就是影響新聞自由的一環。

008號媒體人認為，資訊混淆已導致新聞自主性受制高層的主觀影響，電視臺有中資自然某些內容就不能碰了。而且臺灣

的新聞媒介無法抵抗，臺灣的新聞從業人員都太年輕沒有經驗判斷，另外，也沒有足夠的經費抵抗。

009 號媒體人認為，現在媒體立場鮮明，中國長期金援紅色媒體，那麼相關媒體就會以不牴觸中國為原則，甚至在兩岸議題淪為中共的發聲筒。臺灣不少親中政治人物在中國大賺其錢，相關言論自然不敢違逆。臺灣新聞自由雖然尚能抵擋這樣的滲透，但長此以往，也讓臺灣媒體生態兩極化，造成民眾對立、分化，不利團結。而藍綠色彩較不鮮明的蘋果日報，也在中共的打壓下面臨生存困境，不得不宣布結束紙媒，近年來更大幅裁員一半以上，在媒體生態驟變及沒有其他業外收入的情況下，未來發展令人擔憂。

010 號媒體人認為威權滲透多少影響臺灣的新聞自由，依媒體認同臺灣的程度而定。例如具臺灣主體意識的媒體，獲利仍佳，受中國影響程度較低；然一些統媒早就展開「新聞室的自我控制」，新聞自主性早已自我閹割。好在臺灣年輕人認同在地的意識愈濃厚，免疫力就愈高。局勢對威權滲透的抗拒能力愈有利。

011 號媒體人，因為中國對所有新聞訊息都有黨支部和黨投入的，不合其意的新聞都不能露出，很多新聞媒體人員也可能隨時被消失，家人被軟禁威脅，這樣當然沒有新聞自由。他認

為這樣的新聞自由退步的影響,也一步步進到臺灣很多媒體之中。臺灣有時是因為太自由而沒有察覺被滲透,有時威權會假裝和臺灣人一樣同聲沆瀣一氣,或是讓臺灣民眾仇視政府,這是新聞自由環境下民主社會要共同面對的現實。

012 號媒體人認為新聞媒體受影響,媒體是商業走向,對岸人士來臺購買廣播節目時段,議題及新聞就會偏向對方想法。尤其電臺的受眾與一般網路或電視不同,廣播很多主動閱聽人,聽上了就會跟著走,所以,買時段或影響節目的情況多少會影響到新聞自由。臺灣有個比較弔詭是強調言論自由,所以不能審查其取向及來源,但這樣反而不利抵抗滲透。目前只有 NCC 有指導權而已,但媒體是商業機構不太可能自我抵抗,多數都只是領薪水的員工,怎麼可能向老闆說三道四。

013 號媒體人認為臺灣新聞一向非常自由,所以在自由的風氣下,個別節目或媒體人可能會受中國政治所影響操控,相較之下,標榜民主選舉的臺灣執政當局不太能像威權國家來管控新聞,幾經衝擊,最後新聞還是會自由多元的。但現在有的政論節目、主持人、製作人傳達的全是中國的訊息,或許他們以為自己是新聞自由,卻不知道已是被威權體制的文宣機器所收買或影響。

014 號媒體人認為被影響到的是媒體記者的價值觀,不一定

會影響到新聞自由。他接觸到的安排採訪多是透過「被收買」的方式，收到對方的金錢、招待、旅客收入等，就是被收買了，自然而然會偏那一方，整體臺灣的新聞自由不一定受挫，但可以確認確實是收買會影響媒介工作者及受傳播內容影響者的生活價值觀。過去的「大眾媒介」現已漸消失，取而代之的是「分眾媒介」，各有立場各有支持該立場的閱聽人，甚至各擁政黨。未來第一是要看記者能否覺醒，第二要看民眾的認知。例如，當年曾被要求做更多業配新聞，拉更多贊助時，實際掉到身上時才驚覺所謂的威權滲透真的會影響到自己，這種心態比較明顯出現，大約是到 2015 年前後，距離一開始去二線城市採訪做宣傳時其實已過了六年。

015 號媒體人覺得「新聞風向」會受威權滲透而影響，但新聞自由就不會受影響。到目前為止臺灣還沒有受到太大的影響。媒介因為景氣經濟不好，預算不夠，不論中國政權或臺灣政府或地方政府甚至美國，只要有錢就可以買到臺灣的新聞，的確傷害了新聞自由，但相對地，即便新聞不報導或新聞大量報導，只要有社群媒體就可以傳遞不一樣訊息，網友雖然看到新的事件一出來會有大反應，可是一段期間後網友就會有自己的判斷和反應能力了。可以這麼說：「錢夠大新聞自由影響就夠大，錢不大影響就不大。」但閱聽人這些年來有一些判斷能力了，這就是逆勢養出來的人民自己的因應能力。

入侵編輯臺

統整上述受訪者的說法，這真是一場威權與民主在新聞自由領域的交手較勁，十五位資深媒介工作者都認為新聞自由已受影響，雖然每位認知的影響程度不一原因眾多，但時間點大約從 2008 年開始體會到，逐步惡化。2008 年正逢臺灣的傳統媒介經營辛苦經費壓力極大，新聞自由受到威權滲透影響，記者憑藉自己或編輯室的抵抗、或所屬同儕組織影響，或閱聽人多元認知、或社群媒體訊息管道等等，各種力量交互運作使新聞媒介不至全面變成中國宣傳工具。

　　澳洲學者 Clive Hamilton 指出，全球沒有其他國家比臺灣更容易被中國共產黨滲透，其中還包括假訊息，以及更多資訊戰、認知作戰。中國用的是標準的灰色地帶戰術（gray-zone warfare），一方面飛到臨界點以消耗臺灣有限的軍事資源；另外，也用常見的各種威脅利誘以給臺灣人民施壓，他認為臺灣就像十八世紀煤礦坑最前線的那一隻金絲雀，因為金絲雀對氣體非常敏感，只要有一絲異味都會警示鳴叫提醒礦工求生（參考 Hamilton and Ohlberg 著，梁文傑譯，2021：17-29）。在灰色地帶衝突的威脅下，新聞自由的礦坑裡逐漸消失的空氣令人擔心，而且從 2008 年起中國的錢愈砸愈多，臺灣新聞環境裡金絲雀已聲聲鳴叫。

　　但情況可能還要更樂觀一點。雖然根據受訪者們的講法，臺灣的新聞自由表現確實因為某些緣故導致有倒退的跡象出現，

但根據最新的調查報告指出,在當今網路發達的時代,在民主國家保障言論自由的前提下,做為自媒體的網路其自由度表現仍是相當不錯。自由之家在 2021 年 10 月 14 日釋出「2021 年臺灣與中國的網路自由度」對照圖(這也是該組織首次將臺灣的網路自由度納入評比),[1]從中不難發現兩者的表現可謂是天壤之別。該資料的呈現數據來自三個項目,分別是「上網阻礙」(Obstacles to Access)、「內容限制」(Limits on Content) 與「侵犯用戶權利」(Violations of User Rights),在任何一項的表現臺灣都遠遠優於中國,儼然是兩個不同世界(參見下圖 6-1)。

根據自由之家評比數字,臺灣新聞自由 2007 年是近年來最

圖 6-1　臺灣與中國的網路自由度對比

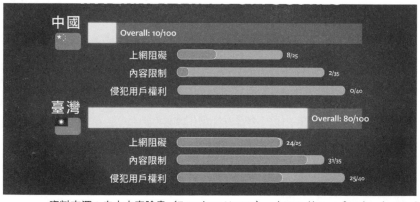

資料來源:自由之家臉書(Freedom House),https://www.facebook.com/FreedomHouseDC/photos/a.407886377077/10158364084477078/?type=3。

三、維護新聞自由

好的成績,全球第 32 名,2009 年退步到第 59 名,大幅滑落,一直到 2016 年在第 50、51 名起落,2017 年之後維持在 42、43 名,到 2022 微升至 38 名。綜合本書研究發現,臺灣的新聞自由表現受到中國大外宣影響,2008 年後中國加強宣傳「講好中國故事」、「增強國際話語權」、「提高輿論引導力」,中國在臺灣媒體建立一套受中方直接掌控的系統,可直叩媒體幹部或快速掌控來推銷有利訊息,達成全套的產銷生態控制。一直到 2017 年「銳實力」的抨擊出現,美國提出警醒,民主國家聯手反擊,但威權擴散已影響民主國家的新聞自由。

臺灣的新聞自由從受美國影響,報禁解除後百家爭鳴,直到中國成為干預臺灣的霸權,雖然臺灣政府對媒體管制制度變化不大,但「積極新聞自由」因中國干預及編輯室自我設限等逐漸下滑。媒體產銷體系被中國政府以市場利益收編,雪上加霜。

66

1 臺灣的表現名列前茅,還贏過包含美國在內的許多歷史悠久的民主國家。參見〈網路自由度狠甩!自由之家:臺灣與中國分屬不同世界〉,《自由時報》,https://news.ltn.com.tw/news/world/breakingnews/3704310。

資訊戰透過各種方式改變閱聽人的「認知」，認知的改變除了與個人情感及世界觀、人生觀與價值觀三觀有關，蘭德智庫指出的「認知空間作戰」五項特色都是臺灣當前面臨的挑戰：出現大量各種訊息、多元不同管道而來、訊息快速且重複、內容真切包裝細心、不易分辨真假，甚至帶著些族群仇恨打動集體情感，從而操控人心使人民轉而認同對方。從上述分析來看，臺灣已在遭受假訊息的認知作戰的過程中。

　　新聞自由或許受影響，但民主社會起而對抗威權擴散的方法也很多。2017 年當美國提出「銳實力」一詞及相關研究後，美國、澳洲等國紛紛針對中國的威權擴散提出示警，本書中受訪者談到新聞自由時分別從幾個面向來分析，例如有記者的專業義理讓守門人發揮角色、假訊息讓閱聽人提高警覺、多方查證反而不一定上當。例如受訪的網路公司負責人認為「新聞風向」比「新聞自由」所受影響大得多，臺灣閱聽人知道如何找到平衡的訊息，但憂心的反而是對方網軍數量龐大，遭逢國家級的網路攻擊時，已無法由民間單憑熱忱所能孤軍面對，尤其部分政治人物的聲量及點閱率似有遭特定大型力量帶動，令人憂心。中國的「網軍部隊」為其正式編制解放軍的 61398 單位屬大型網路戰爭支部，而且不只這支，其他各個部門體系都有為數不少的網路編制，且由國務院新聞辦公室可以統整指揮。相較之下，臺灣雖然於 2017 年 6 月 29 日成立參謀本部資通電軍指揮

入侵編輯臺

部，也就是以專業的第四軍種迎戰國際間日漸猖獗的網軍攻擊，但，到目前為止成效有限。受訪者也認為，部分大眾媒介被當作一種外來力量借用的工具，使其體質巨變後，不像專業媒介比較像公關公司。

統整受訪內容及相關情況，將以第二章所提的媒體文化模式（圖3-3）來分析臺灣遭威權滲透後新聞自由受影響，社會的應對模式。

根據媒體文化模式分析，媒體製碼、解碼過程中，會將文本重新詮釋，在整個大社會組織體系運作中，再激化出更多的角色認同。但這樣的文本解讀，也會受到歷史、世代、倫理等等既有結構的影響。面對宣揚中國好故事的大外宣或網路訊息等，臺灣社會有反省、專業、查證、不相信權威者的社會底蘊。如圖6-2所示，即便文本受到威權滲透，在媒體符號形成及解碼的過程中，社會也會產生不同於威權擴散的詮釋。

在筆者所繪的威權滲透民主的文化模式之中，威權國家利用其生產關聯、知識框架及科技能力，影響民主社會的宮廟或校園等組織，也從一家親的歷史認知及大中華思想著眼，加上投以廣告的經濟力量，透過外交、經濟、科技、教育滲透而來，影響大眾媒介、小眾傳媒到社群、網紅，進一步在文本解碼及再製符號的過程，贏得人民對於威權政體的認同，但反作用力

也出現對威權厭惡的力量，接著再與過去的態度與新聞自由的理解等等交互作用，影響整個文化社會，這裡面也受民主社會知識框架、科技與生產體系的交互作用。

　　筆者參考「媒體文化模式」試繪當前臺灣的媒體製碼、解碼而文本重新詮釋的組織體系運作圖如下：

　　根據這樣的文化模式來分析訪談內容，臺灣擁有多元文化

圖 6-2　威權滲透民主的文化模式

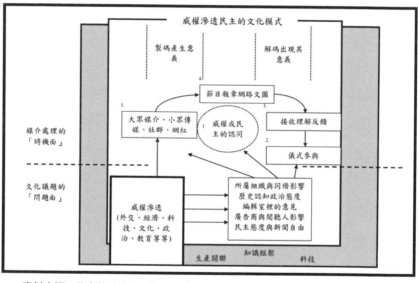

資料來源：作者修改自 Real, M. R. (1996), Exploring Media Culture, London: Sage.

的背景，新聞界也有專業訓練，雖因臺灣的新聞人員較年輕不一定有能力判斷及反抗，更沒有足夠的經費抗衡，時常得為五

斗米折腰,商業機構也不太可能自我抵抗。然而在自由的空氣下,個別節目或媒體人雖可能受操控,整體社會仍有自由多元分眾媒介的呈現,不分立場的媒體人雖認為新聞自由倒退,但民主多元的社會保護新聞自由,反之,也因為新聞自由而讓社會不至於民主崩潰成為威權社會。

學者分析,媒體界對新聞專業價值的信仰與堅持,這種行動者共享的內在驅動力,是有效建構民主防衛機制的要素,臺灣應該持續強化這種以價值理念為基底的軟實力,以做為回應銳實力擴張的手段(張錦華,2011),以民主的多元與自由價值形成防護網;而這種防護網要能夠有效存續,則需要政府透過法令與政策面來處理,維護媒體環境的自由度,不是受到威權影響反過來以「直接干預」的方式來建構防衛機制。

我們或可從北約協助波羅的海國家對抗俄羅斯模式得到啟發。筆者於 2019 年 10 月 4 日訪問北約派駐拉脫維亞的反假訊息中心,拉托維亞該國是以即時公布網路突然同步轉貼同一個訊息的數量及來源,以提醒閱聽人對於大量、突然、無法查證的訊息有警戒。反假訊息中心提醒,民主國家面對威權滲透的網軍攻擊、機器人及駭客進攻時,有的國家會用集體力量、企業力量,甚至我們的「網軍」來還擊,或者由政府來宣布某新聞是真是假,但北約的假訊息研究中心建議,訊息真偽宜由從小就有媒體識讀課程的閱聽眾查證,這是由下而上的過程。此

外，反擊威權滲透的網軍時，千萬不要也以養網軍來應對，否則你來我往之間，民主將受到傷害。對抗由上而下的威權滲透，最好的方法是民主社會裡面每一分由下而上的公民力量。[2]

　　參考波羅的海國家反俄羅斯資訊戰經驗，具體作法有：針對他國介入媒體等神經性的網路展開法令修正，逼迫威權國家贊助民主社會公開化，培養新聞記者專業義理、加強公民媒體識讀，[3]讓社會在被威權滲透時能分辨謠言假訊息。

66

2　筆者親訪北約駐拉脫維亞代表的過程，請參見頁 197。

3　衆多破口中，尤以網路時代酸民當道，酸民情緒被帶動，加上教育中長年欠缺邏輯能力，就很容易被風向帶著走。在民主多元仍無法解決新聞被滲透的問題時，或許臺灣應該多多提升閱聽人的思辨邏輯能力。

入侵臺灣的「疑美論」資訊戰

　　大滅絕的威脅總能直指人心，進而引發恐慌！烏俄戰爭從上個階段核子武器謠言，2022 年 3 月下旬進入「生化武器」資訊戰。中俄官媒、外交部與國防部發言人官民體系全面聯手，指控「美國」要動用生化武器，而且，這樣的報導還進入內容農場，傳到臺灣傳媒及網路論壇，進一步在臺散布「疑美論」。

　　「美國在烏克蘭有 26 個生物實驗室！」，2022 年 3 月 8 日中國外交部發言人趙立堅在記者會呼應俄國國防部發言人科納申科夫（Igor Konashenkov），俄國指烏克蘭正製造核子「髒彈」，並指控美國協助烏克蘭研發生物武器，而且還緊急銷毀證據。俄羅斯《衛星通訊社》（Sputnik）指控美國 2005 年起在烏克蘭建生物實驗室，違反《禁止生物武器公約》第 1 條。雖然美方斥荒謬可笑，但訊息透過內容農場持續散布。

　　中方的內容農場《天天看點》則於 3 月 8 日下午 1 時許以「軍事天地」為作者名，就這項內容加料指稱「美國在烏克蘭利沃夫實驗室研究鼠疫和炭疽病原體，在哈爾科夫和波爾塔瓦實驗室研究白喉和痢疾」，更進一步指稱「幾千份斯拉夫民族血清

樣本從烏克蘭送到美國」，內容農場呼應俄羅斯，指控生物武器「特別針對斯拉夫民族」。接著，中國外交部發言人趙立堅3月10日呼應俄羅斯，嚴厲指美國「全球366間生物實驗室展開生物軍事活動」，美國國務院雖以正式聲明批判中國附和俄羅斯是「陽謀式謊言」，發言人言詞交鋒，但這一場「生化武器」的資訊戰至3月底未曾間斷。

　　一片鵝毛吹噓成一隻鵝，謠言日漸誇張，還引用有「太空」頭銜者說詞：俄羅斯《衛星通訊社》21日報導，俄聯邦太空總署（Roscosmos）署長羅戈津（Dmitry Rogozin）指美國生化武器影響斯拉夫民族婦女生殖功能及免疫系統，引起過敏、對傳統食物不耐受和疾病易感性，就算沒戰爭也會導致斯拉夫人滅絕。

　　中國官媒《環球時報》3月23日指稱，英媒《每日郵報》已發現導致全球大疫情的新冠病毒基因，而且內含美國莫德納公司2016年申請的專利基因段，基因序列要自然進化隨機出現在新冠病毒的概率為三萬億分之一。在這個議題上，內容農場《天天看點》有更多誇張的內容，指稱「由有美國國籍的烏利亞娜‧蘇普倫安擔任烏克蘭衛生部長，為軍事生物合作大開綠燈，才實驗開發遺傳選擇型的生物武器……」、「美方還有24億隻轉

基因蚊子⋯⋯」、「美方於 1957 年對囚犯與平民進行慘無人道的洗腦，讓實驗者接受大量超出人體可承受的電擊⋯⋯」，相關內容誇張且離譜。

環球時報 3 月 28 日一篇文章更痛批美國：「一層層撕開美國面具，美國是世界動盪的幕後黑手」（網址：https://world.huanqiu.com/article/47MqbnWw9cq），文中指「俄烏衝突只是美國通過激化他國矛盾，或者直接發動戰爭來謀取地緣政治利益眾多例子最新一個⋯⋯」，結論是「美國是世界動盪的幕後黑手，何日能收手？世上一切愛好和平的人士都在質問」。

一陣鋪排後，從生化武器到世界動盪的「疑美論」也步步進攻臺灣傳媒，聯合新聞網 3 月 20 日刊出世界日報來自北京報導，標題為「起底美在烏實驗室 趙立堅追問：到底隱瞞什麼？」，此外，也有臺灣網媒一次又一次引用《今日俄羅斯》這份官媒內容，例如在 3 月 24 日詳細轉載：「俄羅斯軍方公布的『UP-8』是美國在烏克蘭軍隊生物實驗，引用保加利亞媒體的數據，在烏克蘭第二大城哈爾科夫的實驗室造成 20 名烏克蘭士兵死亡、200 人住院治療，有超過 4,000 人參與這項計畫」，至於為什麼這些訊息來源是英媒或保加利亞，如何證實為真，文內都沒有說明。

俄、中散布的「疑美論」，從放棄烏克蘭一如放棄臺灣，誇大到指美國發動生化戰，有 4 千人計畫及全球數百間生化實驗室，這些內容立即上了臺灣的政論節目。民進黨籍的前立委在政論節目附和「疑美論」，中時電子報標題為：「美國在烏克蘭搞生化武器引火上身？ 郭正亮：很詭異」，此文在各網路被大量轉貼。之後，PTT 論壇持續討論，23 日貼文：〔爆卦〕英媒宣稱研究證實新冠病毒是美國公司製造。24 日轉載俄羅斯官媒說法指美國參與開發烏克蘭生物武器。從名嘴、大眾傳媒、網路到論壇，在臺灣也持續擴散。

本文花了很多篇幅詳述從俄羅斯官媒、中國官媒、內容農場、臺灣名嘴到網路論壇，雖然部份內容光怪陸離，例如生化武器可以只殺特定人種嗎？例如「基因序列要自然進化隨機出現概率為三萬億分之一」數字合理嗎？為何要從烏克蘭 26 個實驗室擴充到全球 366 間實驗室？裡面的細節啟人疑竇，但在這套跨國合作的資訊戰裡面，沒有問號，只見媒介一一轉載擴散。

美方雖然反指生化武器之說是「假旗行動」（false flag），是為俄羅斯不排除出動生化武器預做伏筆，但，資訊戰總是以大滅絕的威嚇震懾人心，以收恫嚇效果，臺灣媒體不也對俄羅斯官媒的資訊戰內容照單全收了嗎？

我們總說當代社群軟體是「後真相」時代，閱聽眾觀點易接觸到激情偏見的同溫層，不必依事論理。但這波資訊戰不只在社群軟體，已透過大眾傳媒而來，威權國家具高度國際場域傳播能力，他們的戰略敘事足以透過各式載具改變話語環境，先透過兩國發言體系、兩國官媒搭配接力發聲，輔以特定意識形態之臺灣媒體配合，網路直接轉貼，內容農場天天出稿，以及更多機器人大軍按讚分享，搭配臺灣內部的協力者或代理人附和，生化武器的疑美論不也就簡單地入侵臺灣了嗎？

入侵編輯臺

第六章　給下一輪民主漲潮的備忘錄

民主國家之所以能夠生存和成功，只因為人民願意為法治、人權和政治可問責性而奮鬥。這樣的社會依靠的是領導力、組織力，以及純然的好運氣。

—— 法蘭西斯·福山

威權滲透做為資訊戰新手段，在雄厚資金與在地培植協力者雙管齊下，在臺灣確已發揮其影響力，影響新聞自由亟需重視，我們應從法律面、新聞面、社會面因應提出具體作為。

一、立法保障

　　中國威權政體在法律面通過「反分裂國家法」，臺灣人民就算未入境中國僅「過境」香港也可能被依「法」逮捕。臺灣於 2020 年 1 月 17 日正式實施《反滲透法》，這是為了建構反滲透法制，立委原提出「中共代理人法案」、「境外勢力影響透明法案」等 8 個版本，最後以此簡化版法案防範「境外敵對勢力」滲透干預，全文 12 條，但從 2020 年到 2021 年，國安局坦承仍未依此法起訴任何人。[1]

　　過去的境外力量從取得電視臺、報社經營權，或中國產業來臺業配下廣告、或收買招待個別媒體人等方式。但現在，境外勢力滲透臺灣的方式多元且繁複。例如在網路上用水軍或公關公司或寫手，透過不停貼文在網路、推特等方式影響臺灣輿論，再利用貼文及新聞分享文章、短語音訊息，透過「在地協力者」或無能力分辨真假者來廣傳，進一步發展到不必透過代理人即由中國直接進入臺灣或網路上影響臺灣，不必「代理人」

就可以滲透臺灣，這樣的媒介手法已影響臺灣人想法，如學者斯圖亞特‧霍爾（Stuart Hall）的文化傳播模式，發展出不一樣的認同。[2]

參考波羅的海國家愛沙尼亞在俄羅斯長期資訊戰攻擊之後，經北約協助及多國會商，提出「塔林手冊」（塔林為愛沙尼亞的首都，在該城市會議而以之命名），提供各界防禦資訊戰及威權滲透。塔林手冊多根據國際法瞄準資訊戰，結合十餘國的國際法與資訊專家合力編撰而成，目前已有第二版本。討論課題包括：

（一）零星網路攻擊也就是灰色地帶衝突時造成嚴重損害，可以視同戰爭來以戰時法令對待。

（二）上述情況時得以緊急由鄰國友國技術支援復原，並建立前進指揮所。

（三）網路間諜如果未達災害依平時法規法辦，但如果導致重大破壞則視同敵軍法辦。

（四）遭受網路攻擊時得以徵用民間資訊設施，等同戰時。

（五）網路世界的攻擊適用於國際法規，不單只是以設施所在地來規範。

66

1 洪哲政，〈反滲透法兩年　辦了 0 人〉，《聯合新聞網》，https://udn.com/news/story/6656/5831858。
2 英國文化理論學者霍爾的文化傳播模式是指從符號學發展過來的編碼與解碼的理論，意指就算接受主導者意識形態，也會修正於反映自身立場和利益的協商的符碼，或者對抗的符碼等文化傳播模式。

上述《塔林手冊》與海戰的《聖雷莫手冊》（San Remo Manual）和《空戰和導彈戰手冊》（Air and Missile Warfare Manual）等國際法手冊類似，從法律層面找出可因應方式來面對新型態攻擊。《塔林手冊》統整現有因應資訊戰網路戰的國際法規，因應最新的網路戰資訊戰，國際社會無需創制新的國際法規就可以管轄網路行為。

《塔林手冊》專責討論網路攻擊行為，討論達到「使用武力」涉及「武裝衝突」程度的網路行為，不討論一般網路犯罪。

如同美國因應中國資訊戰，2020 年宣布中方媒體視為「大使館」，剝奪其在美國境內的新聞自由。可參考《塔林手冊》將網路、媒介視為網路武器，臺海網路戰何時達交戰狀態？是媒介內戰？或是現在就是網路心戰部隊兩軍交戰時刻？我方媒介是否已遭滲透反而成為敵國的攻擊武器？何時徵用民間資訊設施及資訊人才或網路心戰人才？宜盡快制定資訊戰相關專責法令以達全民共識。

入侵編輯臺

二、抵抗假新聞

　　網路戰時代戰爭與和平的界線愈來愈模糊，如果網路武器應用於武裝衝突是否算戰時，新聞界該用什麼態度面對新型態的戰爭？本研究主張討論「新聞自由」時應加入網路時代的「國家安全」觀點。《塔林手冊》討論網路攻擊行為如滲透進我方媒介而探知國防機密，或透過新聞散布「敵方入侵我方的防空識別區我空軍不應反擊」的論調時，已屬於認知作戰的「新聞攻擊」模式，在臺灣的新聞界，目前仍不認知這是「認知作戰攻擊」。

　　過去傳統的「國際戰爭法」所稱的武器攻擊是敵軍轟炸，但，現代戰爭的攻擊例如癱瘓對方的網路或網路指揮中心，或無線電干擾我國電子，或以假訊息攻擊我方政治領袖等，這些過去不算明顯戰爭行為的網路戰，在《塔林手冊》都屬於「現行法」，可以立即宣布適用網路戰爭，而且國際上視《塔林手冊》已參照國際條約、慣例，符合國際法。《塔林手冊》提到遭敵方系統性的網路攻擊時，參考其必要、比例、迫切、即時等因素，可視同交戰狀態行使「自衛權」。

　　參考國際認知，臺灣現況的威權滲透媒介，包括本書中所

指從媒介股權、文化的、媒介幹部的編輯室盲點、社會、組織等全面滲透，輔以大量散布假訊息，新聞界如何因應？筆者認為，當媒介捏造散布假訊息、配合他國「惡意」不查證散布假新聞，分化民主社會，破壞多元社會的信任達嚴重程度，甚至有網軍配合大量攻擊時，有可能進入媒介資訊戰交戰狀態，但何時是警示時機點，需要大眾儘速討論新聞自由，做成新聞倫理規範。

長年面對俄羅斯假訊息，北約在拉脫維亞首都里加，設了專門防制假訊息的研究中心 Nato Strategic Communications Centre of Excellence，執行長 Sintija Broka，接受筆者訪問時特別強調，波羅的海的拉脫維亞和臺灣一樣，經年遭俄羅斯的資訊戰攻擊。「Bellingcat」網站於 2014 年 7 月創立，專門發布專業記者和公民記者對資訊戰戰區的報導和發現。北約認為，他們有每個人都可以使用的「公開來源情報（Open Source Intelligence, OSINT）」技術。當然，有新聞背景的人可以做到更多。網站還增加公開圖片的功能，這樣透過科技公布所有訊息的發布 IP，不代為辨識訊息真假，但可以讓閱聽眾在短時間內得知哪一個訊息或圖片突然從上千萬點在轉傳，閱聽人就會心生警覺。

該組織提供多年經驗提醒臺灣，不必要放太多心思在一一除去假訊息上，因為，除掉單一假新聞散布者，改變不大，應該揭露的是該帳戶的聯繫網絡，讓閱聽人看見假新聞的生態系

統（ecosystem），唯有如此大家才會開始對假訊息做出反應。大多數假訊息依賴口袋型（pockets for hire，簡易）工具，也就是容易使用，便宜而直指人心，假訊息愈多時愈會導致民主進程的品質降低，公眾公開論述的品質也會日漸低落，而且集中在同溫層或「回聲室 echo chambers」。如此，敵對國家就能隱身在噪音中繼續製造混亂。

我們發現，臺灣的「新聞自由」從無國界記者組織年度數字有明顯的變化，但也沒有大幅進步。NCC 不予中天新聞臺換照時，無國界記者組織發表「令人遺憾但不涉及侵害新聞自由」的聲明，說明有力，值得臺灣新聞界參考。

無國界記者組織（RSF）強調他們是捍衛資訊自由的國際非政府、非營利與非政治性組織。NCC 不予中天新聞臺換照，由於將影響中天新聞臺的員工，RSF 表示遺憾，但強調國家通訊傳播委員會的決議並不侵害新聞自由。因為新聞自由並非指毫無管制。新聞自由，如同世界人權宣言第 19 條所述，是指公眾有接受正確資訊的權利，並不是指媒體擁有者能散播符合自己利益內容的權利。就像其他形式的自由，新聞自由需要相關的管制，以及民主的控制，才能發揮效用，而不是濫用。無國界記者鼓勵民主政府透過機制保障新聞倫理與編輯自主。 NCC 審查中天新聞臺執照符合正當性，臺灣過去與當今的政府都必須為媒體缺乏新聞倫理與編輯自主負責。

當臺灣的新聞在「迴聲室效應」中，被敵對國家製造愈來愈多混亂時，新聞界能否以「國家安全」為最大公約數，面對假訊息全面管制攻擊，確保不再發生？但如果假訊息的媒介以「新聞自由」來反擊時孰輕孰重？參考學者林子儀將新聞自由的權利類型分為：防禦性權利、表意性權利、外求性權利。臺灣的新聞自由仍有：設立新聞事業的權利、蒐集資訊的權利、不揭露資訊來源的權利、編輯權利、傳播資訊的權利等基本權利。新聞自由的「消極權」有主張免受政府干預的權利，例如不受政府對新聞媒體的某些管制、以及積極權利有主張取得資訊的特別機會，例如進入政府管控的場域取得資訊，或進入法庭旁聽等。上述的基本新聞權利，近二十年來變化不大。

在學者林子儀分析的新聞自由「表意權」：不受政府事前約束，不受政府禁止報導的命令、擁有合理評論、事實抗辯等權利，而且在憲法保障的層次是沒有真正惡意即免於誹謗追訴。

從筆者進行的訪談看來，多數受訪者覺得新聞自由已受傷害逐漸退步。那麼，以新聞自由為切入點來回答本研究提出之問題：

（一）探詢威權滲透民主的途徑模式為何？

（二）依據新聞自由表現，探討臺灣遭受威權滲透的情形。

（三）探詢民主社會的「新聞自由」是否能抵擋「威權滲透」以達成民主鞏固？或是自由社會的多元觀點能夠反過

來保護「新聞自由」？

（四）當國家安全與新聞自由衝突時，民主國家如何反制威
　　　權國家滲透侵蝕？

　　筆者以一個新聞工作者及研究者的立場來觀察新聞自由，
自稱無冕王或可稱為是新聞工作者的護身符，讓記者安身立命，
也內化為新聞事業的核心概念，新聞業者當然會全力保護新聞
自由，但從全社會各行業的人來看，保持民主社會的多元、安
全發展、不受侵害，更是新聞自由與社會安全的共識。本書發現：
威權滲透民主的模式已從代理人等方式到現在直接控制、直接
滲透。在新聞自由表現上，臺灣差強人意，沒有進步。在面對
威權滲透時，透過記者的專業義理、新聞倫理、民主的多元價
值，以這些民主概念來抵抗威權滲透，保護了民主，而民主制
度也保護了新聞自由，但，媒介工作者及重要幹部們在這個媒
介被滲透的過程，歷經各項壓力、刺激、改變，是全民的多元
化和媒介工作者等共同努力保護民主與基本的新聞自由。值得
深思的是，假設媒介已成為威權政體攻擊傷害臺灣的工具時，
應有條件限縮其媒介傷害，以保障真正的新聞自由。

三、鞏固臺灣的民主社會

　　這些年來，媒介工作者平均薪資下降，被社會訕笑為亂源，而且整個社會遭受假訊息及網軍的攻擊。參考波羅的海三國近年遭逢假訊息大規模破壞，多數案例一開始是獨立的網路新聞自媒體，聲稱是獨立單位，但大力推動親俄言論，渲染極端親俄論述。多年後才揭露他們的薪水實際上是由莫斯科支付，而且不斷收到從莫斯科來的指示。北約歷經多年的反擊及研究，認為這些資訊戰訊息不能只在情報界內部揭露，應該快速向一般大眾揭露。

　　此外，當揭露訊息時，北約各國原本試圖仲裁判斷哪些為真訊息、何者為假訊息，但是，最後發現快速揭露訊息是從多少個位址在多少時間內貼了多少個網站即可，閱聽人自然會站在各方立場有所判斷，訊息真假不宜由當權者判斷，以免不慎侵犯新聞自由。另一方面，又因為網軍必須有幾項特色，包括快速、大量、惡意、構陷、造假等等，北約對抗假訊息的經驗也提醒我們「不要養網軍來對抗網軍」！如果受假訊息攻擊的一方也以大量、惡意、構陷、造假等養網軍的方式攻擊對方，那麼也會傷害自己的新聞自由，淪為同樣是假訊息製造的亂源。

相較於北約國家的塔林手冊，臺灣仍未有等同的方案。假設臺灣如同波羅的海國家面臨了新聞上的威權滲透，神經性網路如銀行、油管遭受資訊攻擊，或者網路系統遭到屏障無法使用時，我國的緊急指揮體系應以第四軍種為主？還是行政院資策會資訊政委或國安體系？因為網路搜證及網路作戰與一般作戰一樣，都至少要數個月到經年的培訓、熟悉運作、互相配合，假設臺灣也如愛沙尼亞之媒體網頁出現俄國假訊息一樣，出現中國假訊息時，政府及媒體部門的應變流程為何？是否能視同戰時？法令上足以徵收民間設施及人才資源嗎？這些在法令及組織、應變機制上都宜參考國際的遵循依據，建立臺灣版本的「塔林手冊」。

結 語

　　我發現，來自境外的滲透已不僅止於中國過去的大外宣，而是進到內宣、外宣結合的形式，甚至代理人的重要性已經逐漸下滑，因為可以透過對象是臺商、傾中意識型態者，或是長年在臺居住的中方人士等直接指揮；尤其是當代新興的網路媒體，藉由結合網路紅人的傳播，以及配合在網路社交平臺上的大數據分析，再加上網路演算法精準投遞，整合成「融媒體」力量，對臺灣的言論市場實現價值意識的滲入。具體的形式有境外自建網路平臺，或者在第三方社群平臺創設帳號，然後經由贊助網路紅人或意見領袖進而掌控其言論內容走向，這些作法讓中國對臺灣境內言論市場的影響力達到新高點。整體來說，正如本書所討論，如今中國結合新媒體與傳統媒介（電視、報章雜誌與廣播等），散布傾中訊息，並以意識型態、組織策略與金錢滲透手段，進入臺灣境內發揮實質影響；且不僅止於媒體系統，其他包括宗教、教育及政治等領域，皆不難發現有類似任務的產銷組織結構在當中活動。

入侵編輯臺

從過去的經驗與現有的研究來看，中國對臺的政治發動者大致上由國安部、統戰部、國臺辦與中宣部等進行，而「代理人」或「中間人」一度是威權滲透進新聞自由社會必經的節點，但現在關鍵性已減弱，經常可不經代理人而進入臺灣的輿論市場。換言之，過去「以商控制新聞」如今收買滲透意見領袖，可說進一步直接操盤，天天以社群軟體直接指揮媒體幹部或直接發布特定內容，抑或是透過臺商提供資金給網紅與節目主持人等。基本上，不論「直接」滲透或是「間接」滲透，臺灣的資訊戰與心戰都可視為已進入全新階段。

　　在這個新時代的新聞媒介時代，傳統的槍砲彈藥已不再是主要的元素，而是協助攻心震懾用；現今的戰爭型態，無疑是「無煙硝的戰爭」，或稱做灰色地帶作戰、資訊戰與心理戰，臺海此刻就正在上演，雙方的交戰點並不落在海峽中線，而是在臺灣的巷弄之間，是一種位於媒體內、網路內，與社群軟體之內的國家認同之戰，也更是民主政體與威權政體的價值觀衝突引爆點。面對這麼特殊的情況，形容臺灣正

站在歷史的浪頭上一點也不為過。

筆者所以從事相關探討，正是為了應對這種情況。在本書的討論中，首先透過回顧相關研究與報告，確認威權政體對民主國家進行價值觀渲染或滲透，且情況嚴峻，尤其中國的影響力日趨龐大；而基於政治歷史的特殊與地緣關係，臺灣首當其衝，已經有許多報告指出臺灣遭受中國的認知作戰攻擊。其次，則藉由數種路徑觀察中國的作戰是怎麼細部操作，進而影響我們的媒體環境，達成其設定的目標，無論是特定的形象宣傳，或是操控社會輿論。最後，筆者綜整數位訪談對象與所發現的事實，提出一些民主國家可行的應對之道。

總體來說，筆者認為關鍵在於「以新聞自由為基礎，對抗來自威權系統的價值侵蝕」，因此也提出了像以維持多元開放的社會環境，以及輔以對相關法令修改來抵抗及反制的建議。不過，本書受訪者的對象集中在媒體界，雖然很能反映臺灣媒體遭受外來介入的情況，但可能會較不全面，因此像是如何透過媒體識讀的教育來做為社會自由多元的基礎，

如何由下而上建立多元價值的健全公民社會，抑或是如何解讀相關的法律條文或是政策，進而細部修正，都是未來可以進一步探究的。

阿奧蒙和佛巴在其鉅著《公民文化》一書中認為，民主是一種制度，在這制度中，普通公民可以控制菁英，而且這種控制是合法的，但當代的威權滲透，是由他國透過網路等各式媒體及組織，滲透進入民主自由社會，以權與錢展開另一種模式的控制。透過梳理發現，雖然大家都擔心，也警覺到臺灣社會的假訊息增多，但這種滲透仍無法如阿奧蒙和佛巴的「公民社會」一般，由下而上滲透而控制社會，有時滲透達到些許效果，但有時也因此產生更多「反作用力」，這或許正是民主社會自然產生的防禦機制（Almond and Verba 著，張明澍譯，1996：135-139）。

初期的媒體戰是爭奪媒介操控權來塑造集體的公眾意識，但現在社群媒體、網紅、自媒體百家爭鳴，資訊戰已進入大眾與分眾媒介搭配，配合組織體系交錯運用，以攻心為主的

內容進行資訊較量，進一步是思想與意識形態的競爭。最新的發展，是民主國家不只是境內媒介必須快速有效澄清境外滲透的訊息，而且對外展開外交的結盟，民主國家交換情報，互相分享資訊，在全球公眾領域堆疊民主的成果，無疑也將民主與威權的較勁推向了時代的大浪。

如果用浪潮來形容全球近代的政治演變，在一波又一波的民主化浪潮之中，在第三波民主化尾端的臺灣如今正站在新一波的浪頭上，這一波的性質為何還不確定。全球的第四波民主浪潮尚未成形，威權政體在當中透過各種途徑滲透進了民主國家，藉由不論是媒體、參與宮廟或資訊作戰等方式，似乎將這股浪潮轉化為威權襲來；臺灣及民主國家們，則是共同以公民社會或新聞守門人等方式來抵抗，這過程中產生了作用力（如新聞自由倒退）及反作用力（如媒體業者自律），尚未滿盤皆輸。

如果以威權大浪、湧浪來形容其對民主的侵蝕，儘管來

入侵編輯臺

勢洶洶，好在民主政體仍保有公民社會、新聞義理、媒體識讀等力量，並能夠團結而奮力抵抗。本書寫作期間恰逢 2021 年由美國發起，組織線上全球民主峰會，或許藉著這場活動能夠再次凝聚全球民主陣營的向心力，形塑更好應對威權侵蝕的策略工具，如果民主力量抵抗成功，將這一波威權體制的大浪奮力擊碎，威權體制在世界潮流中若成為「碎浪」則不再具高度威脅。

此刻，位於太平洋上的臺灣正波濤洶湧，處在全球民主價值與威權體制的對抗最前線，風起而浪聲濤濤，希冀本書能為當前及往後臺灣的立身之道提供一些貢獻。

參考文獻

一、中文部分

Cabriel A, Almond and Sidney Verba 著，張明澍譯 (1996)，《公民文化》，臺北：五南。

Christopher Lasch 著，林宏濤譯（2014），《菁英的反叛》，臺北：商周出版。

Clive Hamilton 著，江南英譯（2019），《無聲的入侵：中國因素在澳洲》，新北：左岸文化。

Clive Hamilton and Mareike Ohlberg 著，梁文傑譯 (2021)，《黑手：揭穿中國共產黨如何改造世界》，新北：左岸文化。

Danah Boyd 著，陳重亨譯（2015），《鍵盤參與時代來了！：微軟首席研究員大調查，年輕人如何用網路建構新世界》，臺北：時報出版。

David E. Sanger 著，但漢敏譯（2019），《資訊戰爭：入侵政府網站、竊取國家機密、假造新聞影響選局，網路已成爲繼原子彈發明後最危險的完美武器》，臺北：貓頭鷹出版。

David Runciman 著，梁永安譯（2019），《民主會怎麼結束：政變、大災難和科技接管》，新北市：立緒。

Earl Babbie 著，李美華、孔祥明、林嘉娟、王婷玉譯（1998），《社會科學研究方法》，臺北：時英。

Joshua Kurlantzick 著，湯錦台譯（2015），《民主在退潮：民主還會讓我們的世界變得更好嗎？》，臺北：如果出版。

J. Michael Cole 著，李明譯（2019），《島嶼無戰事 2：難以迴避的價值抉擇》，臺北：商周出版。

Larry Diamond 著，盧靜譯（2019），《妖風：全球民主危機與反擊之道：當俄羅斯正面進攻、中國陰謀滲透、美國自毀長城，我們該如何重振民主自由的未來？》，新北：八旗文化。

Robert Spalding 著，顏涵銳譯（2020），《隱形戰：中國如何在美國菁英沈睡時悄悄奪取世界霸權》，臺北：遠流。

Rory Medcalf 著，李明譯（2020），《印太競逐：美中衝突的前線，全球戰略競爭新熱點》，臺北：商周出版。

Steven Levitsky and Daniel Ziblatt 著，李建興譯（2019），《民主國家如何死亡：歷史所揭示的我們的未來》，臺北：時報出版。

William J. Dobson 著，謝惟敏譯（2014），《獨裁者的進化：收編、分化、假民主》，新北：左岸文化。

William Zimmerman 著，辛亨復譯（2018），《統治俄羅斯：從革命到普京的權威主義》，上海：格致出版社。

朱全斌（1998），《媒體、認同與傳播新科技》，臺北：遠流。

李酉潭（2006），〈民主鞏固或崩潰：臺灣與俄羅斯之觀察（1995~2005 年）〉，《問題與研究》，45(6): 33-77。

李酉潭（2012），〈中國民主化的困境與突破〉，《中國 2012 ——大變革的前夜》國際研討會論文集，2012 年 6 月 28 日至 7 月 1 日，雪梨：雪梨理工大學。

李嘉艾（2015），《臺灣媒體生產政治中的中國因素與獨裁者邏輯：以 C 集團為例》，國立清華大學社會學研究所碩士論文。

沈伯洋（2021），〈中國認知領域作戰模型初探：以 2020 臺灣選舉為例〉，《遠景基金會季刊》，22(1): 1-65。

何清漣（2019），《紅色滲透：中國媒體全球擴張的真相》，新北：八旗文化。

季燕京（1998），〈自由主義新聞理論的國際鬥爭〉，收錄於徐耀魁（編），《西方新聞理論評析》（頁 192-202），北京：新華出版社。

林子儀（1999），《言論自由與新聞自由》，臺北：元照出版。

吳介民、蔡宏政、鄭祖邦編（2017），《吊燈裡的巨蟒》，新北：左岸文化。

周翼虎（2011），《中國超級傳媒工廠的形成：中國新聞傳媒業三十年》，臺北：秀威資訊。

金台煥、劉宗翰（2019），〈威權銳實力：中共與俄羅斯之比較（譯）〉，《海軍學術雙月刊》，53(1): 114-125。DOI：10.6237/NPJ.201902_53(1).0009.

陳炳宏（2010），〈媒體集團化與其內容多元之關聯性研究〉，《新聞學研究》，104: 1-30。

梁美珊、莊迪澎（2013），《圖解傳播理論》，臺北：五南。

黑快明（2020），〈中國銳實力對澳洲的滲透與澳洲政府的回應政策〉，《遠景基金會季刊》，21(3): 41-109。

黃兆年、林雨璇（2020），〈中國因素影響下臺灣媒體人的日常抵抗：對民主防衛的啟示〉，《民主與治理》，7(2): 41-79。DOI：10.3966/2311505X2020080702002.

黃恩浩（2018），〈中國銳實力對澳洲安全的衝擊：楔式戰略的觀點〉，《國際關係學報》，46: 33-61。DOI：10.30413/TJIR.201812_(46).0002.

張錦華（2011），〈從 van Dijk 操控論述觀點分析中國大陸省市採購團的新聞置入及報導框架：以臺灣四家報紙為例〉，《中華傳播學刊》，20: 65-93。

朝日新聞著，郭書妤譯（2018），《民主是最好的制度嗎？》，臺北：暖暖書屋。

鍾蔚文（1999），《從媒介眞實到主觀眞實：看新聞，怎麼看？看到什麼？》，臺北：正中書局。

二、英文部分

Avineri, S. and de-Shalit, Avner (eds.), 1992, Communitarianism and individualism, N.Y.: Oxford University Press.

Bennett, T., 1998, "Popular culture and the 'turn to Gramsci'," in Storey, J. (ed.), Cultural theory and Popular culture: A reader 7-12, London: Prentice Hall.

Brady, Anne-Marie, 2015, "Authoritarianism Goes Global (II): China's Foreign Propaganda Machine," Journal of Democracy 26(4): 51-59.

Chang, C. and Manion, M., 2021, "Political Self-Censorship in Authoritarian States: The Spatial-Temporal Dimension of Trouble," Comparative Political Studies 54(8). https://doi.org/10.1177/0010414021989762.

Cook, Sarah, 2020, Beijing's Global Megaphone, Freedom House.

Diamond, Larry, 2015, "Facing Up to the Democratic Recession," Journal of Democracy 26(1): 141-155.

Edney, Kingsley, 2012 "Soft Power and the Chinese Propaganda System," Journal of Contemporary China 21(78). DOI:10.1080/10670564.2012.701031.

Gamso, J., 2021, "Is China exporting media censorship? China's rise, media freedoms, and democracy?" European Journal of International Relations 27(3): 858-883.

Gerbner, George, L. Gross, Michael Morgan and Nancy Signorielli, 1986, "Living with television: The dynamics of the cultivation process," in J. Bryant & D. Zillman (eds.), Perspectives on media effects, Hilldale, NJ: Lawrence Erlbaum Associates, pp. 17-40.

Gramsci, Antonio, 1971, Selections from the Prison Notebooks of Antonio Gramsci, New York: International Publishers.

Grossberg, Lawrence, 1996, "Identity and cultural studies: Is that all there is?" in Stuart Hall and Paul du Gay (eds.), Questions of Cultural Identity, London: Sage Publications.

Grossberg, Lawrence, Wartella, Ellen and Whitney, D. Charles, 1998, Media Making: Mass Media in a Popular Culture, London: Sage.

入侵編輯臺

Habermas, J. and Burger, T., 1989, The Structural Transformation of the Public Sphere, Trans London: Polity Press.

Hall, Stuart, 1991, "Old and new identities, old and new ethnicities," in A. D. King (eds.), Culture, Globalization and the World-system, Binghamton: State University of New York.

Hall, Stuart , 1996a, Introduction: Who Needs identity, London: Sage.

Hall, Stuart, 1996b, Gramsci's Relevance for the Study of Race and Ethnicity, London and New York: Arnold.

Hall, Stuart (ed.), 1997, Representation: Cultural Representations and Signifying Practices, London: Sage.

Hall, Stuart and Gay, Paul du (eds.), 1997, Questions of Cultural Identity, London: Sage.

Hassid, J., 2020, "Censorship, the Media, and the Market in China," Journal of Chinese Political Science 25(2): 285-309.

Hawkins, R. P. and Pingree, S., 1990, "Divergent psychological processes in constructing social reality from mass media content," in N. Signorielli and M. Morgan (eds.), Cultivation analysis: New directions in media effects research Newbury Park, CA: Sage, pp. 35-50.

Hiaeshutter-Rice, D., Soroka, S. and Wlezien, C., 2021, "Freedom of the Press and Public Responsiveness," Perspectives on Politics 19(2): 479-491.

Huang, H. F., Boranbay-Akan, S. and Huang, L., 2019, "Media, Protest Diffusion, and Authoritarian Resilience," Political Science Research and Methods 7(1): 23-42.

Huang, Jaw-Nian, 2017, "The China Factor in Taiwan's Media: Outsourcing Chinese Censorship Abroad," China Perspectives 2017(3): 27-36.

Huang, V. G., 2018, "Floating control: examining factors affecting the management of the civil society sector in authoritarian China," Social Movement Studies 17(4): 378-392.

Huntington, Samuel P., 1991, The Third Wave: Democratization in the Late Twentieth Century, Norman and London: University of Oklahoma Press.

Kenny, Paul D., 2020, "'The Enemy of the People': Populists and Press Freedom," POLITICAL RESEARCH QUARTERLY 73(2): 261-275.

King, Gary, Jennifer Pan, and Margaret E. Roberts, 2017, "How the Chinese Government Fabricates Social Media Posts for Strategic Distraction, not Engaged Argument," American Political Science Review 111(3): 484-501.

Kurlantzick, Joshua, and Perry Link, 2009, "China: Resilient, Sophisticated Authoritarianism," in Freedom House, Undermining Democracy: 21st Century Authoritarians.

Levisky, Steven and Lucan A. Way, 2010, Competitive Authoritarianism: Hybrid Regimes after the Cold War, Cambridge: Cambridge University Press.

Lin, Lihyun and Lee, Chun-yi, 2021, "Does Press Freedom Come with Responsibility? Media for and against Populism in Taiwan," Taiwan Journal of Democracy 17(1): 119-140.

Martin, Justin D., Abbas, Dalia and Martins, Ralph J., 2016, "The Validity of Global Press Ratings: Freedom House and Reporters Sans Frontières, 2002-2014," Journalism Practice 10(1): 93-108.

Mazzoleni, Gianpietro and Schulz, Winfried, 1999, "'Mediatization of Politics': A Chanllenge for Democracy?" Political Communication 16(3): 247-261.

McCourt, D. M., 2021, "Framing China's rise in the United States, Australia and the United Kingdom," International Affairs 97(3): 643-665.

McQuail, Denis, 1996, Mass Communication, London, New Delhi: Sage.

Monaco, Nicholas J., 2018, "Taiwan: Digital Democracy Meets Automated Autocracy," in Samuel C. Woolley and Philip N. Howard (eds.), Computational Propaganda: Political Parties, Politicians, and Political Manipulation on Social Media , Oxford: Oxford University Press, pp. 104-127.

Nam, T., 2012, "Freedom of information legislation and its impact on press freedom: A cross-national study," Government of Information Quarterly, 29(4): 521-531.

Pei, Minxin, 2012, "Is CCP Rule Fragile or Resilient?" Journal of Democracy 23(1): 27-41.

Real, M. R., 1996, Exploring Media Culture: A Guide, London: Sage.

Schedler, A., 1998, "What is Democratic Consolidation?" Journal of Democracy 9(2): 91-107.

Shambaugh, David, 2007, "China's Propaganda System: Institutions, Processes and Efficacy," The China Journal 57(57). DOI:10.1086/tcj.57.20066240.

Stevenson, R. L., 1994, Global communication in the twenty-first century, N.Y.: Longman.

Tansey, Oisín, Kevin Koehler and Alexander Schmotz, 2017, "Ties to the Rest: Autocratic Linkages and Regime Survival," Comparative Political Studies 50(9): 1221-1254.

入侵編輯臺

Tsai, Wen-Hsuan, 2017, "Enabling China's Voice to Be Heard by the World: Ideas and Operations of the Chinese Communist Party's External Propaganda System," Problems of Post-Communism 64(3-4): 203-213.

Tsui, L and Lee, F, 2021, "How journalists understand the threats and opportunities of new technologies: A study of security mind-sets and its implications for press freedom," JOURNALISM 22(6): 1317-1339.

Tucker, Joshua, Yannis Theocharis, Margaret Roberts, Pablo Barberá, 2017, "From Liberation to Turmoil: Social Media and Democracy," Journal of Democracy 28(4): 46-59.

United Nations, 1980, Many voices, one world: Communication and society, today and tomorrow: Towards a new more just and more efficient world information and communication order, N.Y.: Unipub.

Walker, C., Kalathil, S. and Ludwig, J., 2020, "The Cutting Edge of Sharp Power," Journal of Democracy 31(1): 124-137.

Woodward, Kathryn (ed.), 1997, Concepts of identity and difference, London: Sage.

Yilmaz, G. and Yildirim, N. E., 2020, "Authoritarian diffusion or cooperation? Turkey's emerging engagement with China," Democratization 27(7): 1202-1220.

Zhang, JX. and Wang, WJ., 2019, "On the Freedom and Control of the Press in China," African and Asian Studies 18(4): 431-455.

三、網路資料

「2021 世界新聞自由指數」的中國部分，REPORTERS WITHOUT BORDERS，https://rsf.org/en/china，查考日期：2021/11/14。

〈11 年財報揭露　旺旺集團收中國政府 153 億補助金〉，《蘋果新聞》，https://tw.appledaily.com/property/20190422/YTECGJ7QUM7XWY6ASZOYJBNKE4/，查考日期：2019/05/17。

〈日本前陸將：臺灣有事是一種混合戰　早已開戰〉，《自由時報》，https://news.ltn.com.tw/news/politics/breakingnews/3541968，查考日期：2021/06/21。

〈臺灣反紅媒：一篇英媒報道引發的「中共代理人」之爭〉，《BBC 中文》，https://www.bbc.com/zhongwen/trad/chinese-news-49119237，查考日期：2019/08/12。

〈制腦作戰：未來戰爭競爭新模式〉，《新華網》，http://big5.xinhuanet.com/gate/big5/www.xinhuanet.com/mil/2017-10/17/c_129721348.htm，查考日期：2018/09/20。

參見〈美參院報告控中國借科技崛起發展「數位威權主義」〉，《法廣》，〈https://www.rfi.

fr/tw/%E4%B8%AD%E5%9C%8B/20200721-%E7%BE%8E%E5%8F%83%E9%99%
A2%E5%A0%B1%E5%91%8A%E6%8E%A7%E4%B8%AD%E5%9C%8B%E5%80%9
F%E7%A7%91%E6%8A%80%E5%B4%9B%E8%B5%B7%E7%99%BC%E5%B1%95-
%E6%95%B8%E4%BD%8D%E5%A8%81%E6%AC%8A%E4%B8%BB%E7%BE
%A9〉，查考日期：2020/03/11。

〈美國將五家中國官媒列爲「外國使團」加強限制中共在美影響力〉，《BBC 中文》，https://
www.bbc.com/zhongwen/trad/world-51557712，查考日期：2020/09/11。

〈新冠肺炎疫苗施打意願民調〉，《TVBS 民意調查中心》，https://cc.tvbs.com.tw/portal/
file/poll_center/2021/20210407/144e0ebeb0205b4a98e9d3b26d0f29d0.pdf，查考日
期：2021/11/25。

〈「境外代理人法案」修法刻不容緩〉，《自由時報》，https://talk.ltn.com.tw/article/
paper/1303320，查考日期：2020/01/07。

〈網傳「蘇貞昌握有大量高端、聯亞股票想狠撈國難財」，指揮中心駁斥：假消息勿轉
傳〉，衛生福利部，https://www.mohw.gov.tw/cp-17-60897-1.html，查考日期：
2021/10/19。

〈網傳國產疫苗技術最落後？查核中心：錯誤！〉，《自由時報》，https://news.ltn.com.
tw/news/life/breakingnews/3606262，查考日期：2021/08/19。

〈網路自由度狠甩！ 自由之家：臺灣與中國分屬不同世界〉，《自由時報》，https://news.
ltn.com.tw/news/world/breakingnews/3704310，查考日期：2021/11/20。

〈影響力超大！ 美國脫口秀專題介紹臺灣 主持人自製梗圖更勁爆〉，《自由時報》，https://
news.ltn.com.tw/news/politics/breakingnews/3715324，查考日期：2021/10/31。

〈澄清「網傳散布高端疫苗董事會阻擋疫苗進口」不實訊息〉，內政部警政署刑事警察局，
https://cib.npa.gov.tw/ch/app/news/view?module=news&id=1886&serno=3b809
2f1-1350-4352-be65-f6fc016c9272，查考日期：2021/08/14。

《關鍵時刻》，YouTube，https://youtu.be/_7WKhTHtdvI，查考日期：2021/06/27。

Anamitra Deb, Stacy Donohue and Tom Glaisyer, 2017, "Is Social Media a Threat
to Democracy?", https://efc.issuelab.org/resource/is-social-media-a-threat-to-
democracy.html，查考日期：2017/12/10。

Anna Mitchell and Larry Diamond, 2018,"China's Surveillance State Should
Scare Everyone", The Atlantic, February 3, 2018, https://www.theatlantic.
com/international/archive/2018/02/china-surveillance/552203/，查考日期：
2018/04/25。

David E. Sanger and Zolan Kanno-Youngs, 2021, "Biden Assails Republicans Over
Voting Rights and Defends Record on Border", The New York Times, March 25, 2021,
https://www.nytimes.com/2021/03/25/us/politics/biden-news-conference.html?_
ga=2.197374188.2135870796.1634714777-949093320.1634714777.

入侵編輯臺

Disp BBS，https://disp.cc/b/163-dG7d，查考日期：2021/11/25。

Koh Gui Qing and John Shiffman, 2015, "Beijing's Covert Radio Network Airs China-friendly News across Washington, and the World", Reuters Investigates, November 2, 2015, https://www.reuters.com/investigates/special-report/ china-radio/，查考日期：2016/09/09。

Muyi Xiao, Paul Mozur and Gray Beltran, 2021, "Buying Influence: How China Manipulates Facebook and Twitter?", The New York Times, December 20, 2021, https://www.nytimes.com/interactive/2021/12/20/technology/china-facebook-twitter-influence-manipulation.html，查考日期：2021/12/22。

Samanth Subramanian, "INSIDE THE MACEDONIAN FAKE-NEWS COMPLEX," WIRED, https://www.wired.com/2017/02/veles-macedonia-fake-news/， 查 考 日 期：2018/06/26。

仇佩芬，〈宮廟、賭盤、黑道全滲透　美學者示警：中國靠草根組織綁架臺灣政局〉，《上報》，https://www.upmedia.mg/news_info.php?SerialNo=77307，查考日期：2020/12/03。

孔德廉，〈從「雙棲里長」到「里長組黨」，中國因素如何深入臺灣選舉基層？〉，《報導者》，https://www.twreporter.org/a/2020-election-chief-of-village-party-united-front-china，查考日期：2020/01/31。

王平，〈民進黨當局的政治防疫就是謀財害命〉，《人民日報海外版》，http://opinion.people.com.cn/BIG5/n1/2021/0614/c1003-32129685.html，查考日期：2021/07/22。

王宏恩，〈中國假主播被我揭露之後，YouTube 官方的處理過程其實透露不少訊息〉，《關鍵評論》，https://www.thenewslens.com/article/158947，查考日期：2020/11/29。

王怡文，〈媒體人洩數據控高端疫苗不能防變種、重症，高端提告了〉，《新新聞》，https://www.storm.mg/article/3815163，查考日期：2021/07/24。

王珍，〈中共收買與滲透的中文媒體〉，《新紀元》，〈https://www.epochweekly.com/b5/121/6343.htm〉，查考日期：2020/08/25。

王冠仁，〈統促黨成員持甩棍打人，張安樂：打得好〉，《自由時報》，https://news.ltn.com.tw/news/politics/breakingnews/2203977，查考日期：2017/10/15。

自由之家「2021 世界自由度報告」的臺灣部分，Freedom House，https://freedomhouse.org/country/taiwan/freedom-world/2021，查考日期：2021/11/14。

吳尚軒，〈政府打假新聞真有效？學者舉俄羅斯「資訊戰」為例：假新聞就是希望你打它〉，《風傳媒》，https://www.storm.mg/article/1205070?srcid=73746f726d2e6d675f39363762396365653061323130663066_1563105128，查考日期：2019/05/12。

吳挺，〈俄羅斯打響信息戰？北約急商備戰普京式「混合戰爭」〉，《澎湃新聞》，http://www.thepaper.cn/baidu.jsp?contid=1312948，查考日期：2015/12/30。

吳賜山，〈公視怎麼了？「獨立特派員」談共機擾臺宣揚投降主義？〉，《Newtalk 新聞》，https://newtalk.tw/news/view/2021-11-25/671845，查考日期：2021/11/29。

宋承恩，〈當媒體自由侵蝕民主，論媒體外國代理人登記制度（上）〉，《獨立評論》，https://opinion.cw.com.tw/blog/profile/462/article/80877，查考日期：2021/07/14。

批踢踢實業坊，https://www.ptt.cc/bbs/Gossiping/M.1622966356.A.F50.html，查考日期：2021/08/11。

李依純，〈高端不爽被報「像家庭代工」喊告　中天聲明：應要求 CNN 更正報導〉《自由時報》，https://ent.ltn.com.tw/news/breakingnews/3584186，查考日期：2021/09/29。

李錦奇，〈謝金河：這場疫苗大戰　背後都是政治！〉，《ETtoday》，https://finance.ettoday.net/news/1995708，查考日期：2021/11/25。

明居正，〈對龍應台致胡錦濤公開信的回應　明居正：今日中國何去何從〉，《大紀元》，https://www.epochtimes.com/b5/6/2/8/n1215303.htm，查考日期：2006/02/18。

林孝萱，〈17 先進國家民調　69% 討厭中國、77% 不信任習近平〉《NOWnews 今日新聞》，https://www.nownews.com/news/5312581，查考日期：2021/08/01。

林宗弘，〈林宗弘：美國的民主能復興嗎？〉，《上報》，https://www.upmedia.mg/news_info.php?SerialNo=126617，查考日期：2021/10/15。

林長順，〈向心夫婦被控違反國安法案　北檢不起訴處分〉，《中央社》，https://www.cna.com.tw/news/firstnews/202111120032.aspx，查考日期：2021/11/22。

洪哲政，〈反滲透法兩年 辦了 0 人〉，《聯合新聞網》，https://udn.com/news/story/6656/5831858，查考日期：2021/11/17。

高揚，〈疫苗大戰，是陳時中對臺灣人的圖財害命〉，《人民政協網》，http://www.rmzxb.com.cn/c/2021-02-28/2795351.shtml，查考日期：2021/03/07。

乾隆來，〈不是臺灣獨有 大選假新聞成全球流行病〉，《今周刊》，https://www.businesstoday.com.tw/article/category/80398/post/201811070021/%E4%B8%8D%E6%98%AF%E5%8F%B0%E7%81%A3%E7%8D%A8%E6%9C%89%20%20%E5%A4%A7%E9%81%B8%E5%81%87%E6%96%B0%E8%81%9E%E6%88%90%E5%85%A8%E7%90%83%E6%B5%81%E8%A1%8C%E7%97%85，查考日期：2021/12/03。

張守達，〈網瘋傳「蔡政府用吹箭逼打高端」，網紅呱吉爆笑神還原〉，《鏡傳媒》，https://www.mirrormedia.mg/story/20210810web013/，查考日期：2021/08/31。

張玲玲，〈中國對臺「認知空間作戰」〉，《自由時報》，https://talk.ltn.com.tw/article/paper/1288955，查考日期：2019/06/01。

莊楚雯，〈高端疫苗解盲倒數　知情人士爆 1 關鍵：沒有疫苗保護力比率〉，《中時新聞網》，https://www.chinatimes.com/realtimenews/20210608001357-260405?utm_

入侵編輯臺

source=push&utm_medium=image&utm_campaign=richmenu&chdtv，查考日期：2021/08/04。

陳方隅，〈從《妖風》看民主危機與美中關係〉，《菜市場政治學》，https://whogovernstw.org/2020/10/22/fangyuchen37，查考日期：2020/12/11。

陶儀芬，〈全球民主退潮下看「中國模式」與「太陽花運動」〉，《菜市場政治學》，http://whogovernstw.org/2015/03/23/yifengtao1/，查考日期：2016/03/07。

麥笛文，〈中國政府如何審查你的思想？〉，《BBC 中文》，https://www.bbc.com/zhongwen/trad/chinese-news-41634026，查考日期：2017/12/16。

普麟，〈我們與中國科技監控的距離──淺談中國的數位威權輸出〉，《菜市場政治學》，https://whogovernstw.org/2019/07/08/linpu7/，查考日期：2019/10/08。

曾韋禎、蘇永耀、趙靜瑜，〈中國來臺置入行銷橫行　監院糾正陸委會〉，《自由時報》，https://news.ltn.com.tw/news/politics/paper/443055，查考日期：2011/11/11。

黃兆年，〈中國「銳實力」的影響與因應：從「國家安全」到「人類安全」〉，《菜市場政治學》，https://whogovernstw.org/2018/11/28/jawnianhuang8/，查考日期：2018/11/14。

黃恩浩，〈如何管理中資？深度解析美國《外國代理人登記法》立法精神〉，《關鍵評論網》，https://www.thenewslens.com/article/128176，查考日期：2020/02/25。

楊昇儒，〈黃明志玻璃心開酸小粉紅，上架微博旋遭下架〉，《中央社》，https://www.cna.com.tw/news/firstnews/202110160141.aspx，查考日期：2021/10/25。

楊是命，〈高端疫苗又被黑，來自東南亞的網軍發動攻勢〉，《報呱》，https://www.pourquoi.tw/2021/09/17/taiwan-news20210917-2/，查考日期：2021/09/18。

溫于德，〈盧秀燕在戲劇露臉被認定置入性行銷　電視臺挨罰興訟敗訴〉，《自由時報》，https://news.ltn.com.tw/news/society/breakingnews/3664589，查考日期：2021/10/11。

葉冠吟，〈2021 世界新聞自由指數　中國排名倒數第 4〉，《中央通訊社》，https://today.line.me/tw/v2/article/OWkPEv，查考日期：2021/05/14。

葉韋辰，〈名嘴亂爆帶綠營權貴打莫德納　臺大醫再發聲明：將捍衛名譽〉，《yahoo 新聞》，https://tw.news.yahoo.com/%E5%90%8D%E5%98%B4%E4%BA%82%E7%88%86%E5%B8%B6%E7%B6%A0%E7%87%9F%E6%AC%8A%E8%B2%B4%E6%89%93%E8%8E%AB%E5%BE%B7%E7%B4%8D-%E5%8F%B0%E5%A4%A7%E9%86%AB%E5%86%8D%E7%99%BC%E8%81%B2%E6%98%8E-%E5%B0%87%E6%8D%8D%E8%A1%9B%E5%90%8D%E8%AD%BD-060624460.html，查考日期：2021/06/22。

廖元鈴，〈找到中國操弄臺灣媒體的證據？金融時報：中時記者透露「國臺辦」天天打電話下指示〉，《今周刊》，https://www.businesstoday.com.tw/article/category/161153/post/201907170055/，查考日期：2019/08/04。

廖昱涵，〈犯罪學者沈伯洋警告：中國啟動資訊戰，不用出兵就能併吞臺灣！〉，《沃草：國會無雙》，https://musou.watchout.tw/read/ZA1PItoONEl4elSJbSWi，查考日期：2019/07/18。

劉致昕，〈深入全球假新聞之都，看「境外網軍」是如何煉成的？〉，《報導者》，https://www.twreporter.org/a/cyberwarfare-units-disinformation-fake-news-north-macedonia，查考日期：2019/07/07。

歐芯萌，〈旅日作家怒批「親中媒體」超譯菅義偉發言！判讀「認知空間作戰」滲透日常〉，《放言》，https://www.fountmedia.io/article/110138，查考日期：2021/08/07。

蔡正皓，〈媒體的置入性行銷也受新聞自由保障嗎？〉，《關鍵評論網》，https://www.thenewslens.com/article/104789，查考日期：2019/01/24。

盧伯華，〈美印太司令戴維森警告國會：大陸很可能在 6 年內入侵臺灣〉，《中時新聞網》，https://www.chinatimes.com/realtimenews/20210311000047-260409?chdtv，查考日期：2021/04/04。

蕭博文，〈散布假訊息高端疫苗二期試驗死過人　男遭調查局送辦〉，《中央社》，https://www.cna.com.tw/news/asoc/202107140302.aspx，查考日期：2021/09/14。

賴怡忠，〈賴怡忠：能容許敵對勢力有合法的代理人嗎〉，《蘋果新聞網》，https://tw.appledaily.com/forum/20190725/G4RW6O4KQQWVSSQLDXIEOC6SPQ/，查考日期：2019/08/25。

賴俊佑，〈境外勢力挑對立　狂發「高端」假消息〉，《三立新聞網》，https://tw.stock.yahoo.com/news/%E5%A2%83%E5%A4%96%E5%8B%A2%E5%8A%9B%E6%8C%91%E5%B0%8D%E7%AB%8B-%E7%8B%82%E7%99%BC-%E9%AB%98%E7%AB%AF-%E5%81%87%E6%B6%88%E6%81%AF-144516748.html，查考日期：2022/01/24。

龍率真，〈看清中共「認知空間作戰」統戰伎倆〉，《青年日報》，https://www.ydn.com.tw/news/newsInsidePage?chapterID=1202569&type=%E8%AB%96%E5%A3%87，查考日期：2020/02/26。

繆宗翰，〈因應中國滲透，防火牆與經濟轉型應並重〉，《中央社》，https://www.cna.com.tw/news/aipl/201904070014.aspx，查考日期：2019/12/01。

繆宗翰，〈吳介民：王立強案揭開觀察中國對臺滲透新窗口〉，《中央社》，https://www.cna.com.tw/news/firstnews/201911270232.aspx，查考日期：2019/12/22。

謝靚，〈全國政協舉辦在京政協委員學習報告會暨機關幹部系列學習講座〉，《人民政協網》，http://www.rmzxb.com.cn/c/2016-05-25/830460.shtml，查考日期：2016/12/10。

韓婷婷，〈媒體報導疫苗品質堪憂，高端委託律師提刑事告訴〉，《中央社》，https://www.cna.com.tw/news/afe/202107230364.aspx，查考日期：2021/11/01。

羅正漢，〈遭受駭客攻擊！臺港蘋果日報 App 及網站服務受影響〉，《iThome》，https://

入侵編輯臺

www.ithome.com.tw/news/133325，查考日期：2019/10/24。

入侵編輯臺－中國威權滲透如何影響臺灣新聞自由

作　　者　簡余晏

責任編輯　楊佩穎

美術設計　張巖
內頁排版、插畫　CHOUCHOU

出 版 者　前衛出版社
　　　　　10468 臺北市中山區農安街 153 號 4 樓之 3
　　　　　電話：02-25865708 ｜ 傳真：02-25863758
　　　　　郵撥帳號：05625551
　　　　　購書 · 業務信箱：a4791@ms15.hinet.net
　　　　　投稿 · 編輯信箱：avanguardbook@gmail.com
　　　　　官方網站：http://www.avanguard.com.tw

出版總監　林文欽
法律顧問　陽光百合律師事務所
總 經 銷　紅螞蟻圖書有限公司
　　　　　11494 臺北市內湖區舊宗路二段 121 巷 19 號
　　　　　電話：02-27953656 ｜ 傳真：02-27954100

出版日期　2023 年 04 月初版一刷
定　　價　新臺幣 380 元

ISBN：978-626-7076-99-6
ISBN：9786267325001 （PDF）
ISBN：9786267076972 （EPUB）

* 請上『前衛出版社』臉書專頁按讚，獲得更多書籍、活動資訊
https://www.facebook.com/AVANGUARDTaiwan

國家圖書館出版品預行編目 (CIP) 資料

入侵編輯臺：中國威權滲透如何影響臺
灣新聞自由 / 簡余晏著 . -- 初版 . -- 臺
北市 : 前衛出版社 , 2023.04
　面 ；　公分
ISBN 978-626-7076-99-6(平裝)

1.CST: 新聞自由 2.CST: 威權政治

891.1　　　　　　　　　　　112005129

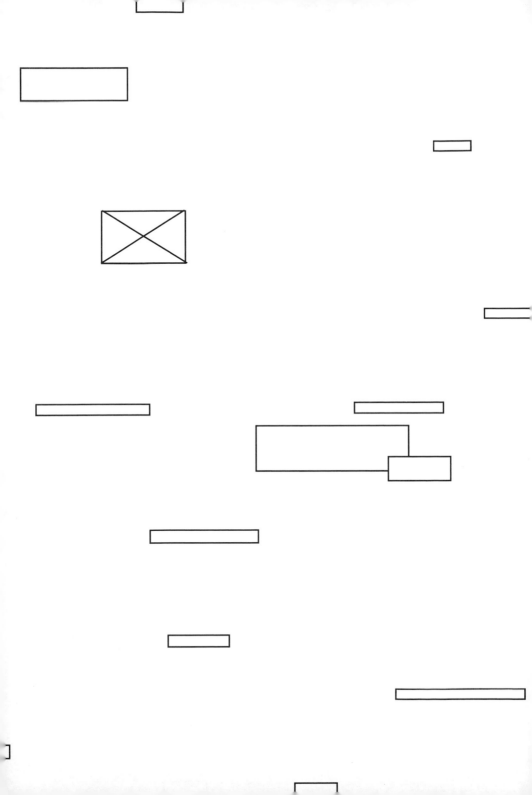

TAIWAN NO. 1